中共云县委宣传部资助项目

杨国翰诗文集

杨宝康　辑注

學苑出版社

图书在版编目（CIP）数据

杨国翰诗文集 / 杨宝康辑注 .—北京：学苑出版社，2024.1（2024.8 重印）

ISBN 978-7-5077-6883-1

Ⅰ . ①杨… Ⅱ . ①杨… Ⅲ . ①古典诗歌—诗集—中国—清代②古典散文—散文集—中国—清代 Ⅳ . ① I214.91

中国国家版本馆 CIP 数据核字 (2024) 第 038905 号

责任编辑：张鹏蕊
出版发行：学苑出版社
社　　址：北京市丰台区南方庄 2 号院 1 号楼
邮政编码：100079
网　　址：www.book001.com
电子邮箱：xueyuanpress@163.com
联系电话：010-67601101（营销部）　010-67603091（总编室）
印 刷 厂：北京建宏印刷有限公司
开本尺寸：880 mm × 1230 mm　1/32
印　　张：5.75
字　　数：75 千字
版　　次：2024 年 1 月第 1 版
印　　次：2024 年 8 月第 2 次印刷
定　　价：38.00 元

目　录

诗歌

散文

书信

附录一 与杨国翰相关的序

附录二 与杨国翰相关的诗

附录三 杨国翰相关史料摘编

附录四 杨国翰生平大事年表

前言

本书是2002年出版的《杨国翰诗文选集》的修订版。

《杨国翰诗文选集》问世后，不断得到学术界和社会上同好给予的鼓励和指正。特别是恩师张鑫昌教授深邃的学术素养和严谨治学、宽厚待人的人格魅力，使后学获益匪浅。他在序中提出了许多宝贵中肯的意见，如“就本书而言，一些地方尚可再深入，如注释条目，似可增加一些，再细一点；也可考虑增加题解，更有助于读者对原文的理解”使我深受教益与启示。因此，《杨国翰诗文选集》问世之际，我就萌发了多年后修订的志愿。在此后的二十余年间，许多公私藏的关于杨国翰的珍贵资料得以访查到手，查阅云南省图书馆、云南大学图书馆、云南师范大学图书馆、浙江大学图书馆的藏书，使我又得以开阔视野，增进新知。我看到了《杨国翰诗文选集》不仅有新的诗文需要增补，也还有诸多注误之处需要订正。这一切，都鞭策我自省、自行，努力排除公务私事的烦扰，多方搜检资料，向新旧朋友求援，终于完成了《杨国翰诗文集》的辑注。

现在呈现给读者的《杨国翰诗文集》，在篇幅和内容上均有扩充和改进：

其一，增补了收集到的诗作。《杨国翰诗文集》收录了杨国翰的诗歌凡四十六篇，其中三十二篇为过去未搜检到的。这次均将其录入并加以注释。

其二，增加了题解。《杨国翰诗文集》收录了杨国翰的诗歌、散文和书信，所有诗文皆以题解说明了来源，简述了内容，便于读者对原文的理解和参考。

其三，增加了附录内容。附录由“与杨国翰相关的序”“与杨国翰相关的诗”“杨国翰相关史料摘编”和“杨国翰生平大事年表”组成，与杨国翰的诗文相互印证、互为补充，以备读者检索、研究之便。

其四，订正了注误。由于疏漏和视野所限，《杨国翰诗文选集》的注释存在一些注误。增订本根据新获得的资料重加订正并增加了注释条目。

过去十多年间，因为忙于他业，所以并没有充足的时间认真笺校《杨国翰诗文集》，现在才着手来加以增订、辑注。我虽然花了很大的心力去订正，但疑惑不解的问题还很多，真的有一种“人生有限，学业无边”的感叹！特别是惊闻恩师张鑫昌教授于2023年1月23日驾鹤西去，不胜悲痛，我曾写句“谆谆教诲永铭心田，殷殷提携远胜友亲；促膝谈心仿佛如昨，音容笑貌宛似在今”记之。2023年又是杨国翰去世190周年。谨以此书，作为对地方历史名人杨国翰的纪念，也是对恩师张鑫昌教授永远的怀念。

杨宝康

2023年6月26日

原序*

清嘉道年间，活跃于云南文坛、浙江政坛而被林则徐誉为“望重五华，才高三迤；功歌两浙，名达九重”的名宦杨国翰，洁身清廉，为人、为学、为官，时人称颂，后人敬仰。收集、整理、研究其人其事、其诗文具有一定的价值和意义。

杨国翰，云南云州（今云南省临沧市云县）人，生于乾隆五十二年（1787），卒于道光十三年（1833），赐同进士出身，曾任浙江奉化、诸暨、海盐、仁和、海昌等地知县，后升任玉环同知。任内深悉民情、操守洁清、诚实无欺、勤政兴学、兴修水利、颇孚众望、甚得民心。一生著述不少，其诗文的思想性和艺术性都达到了较高的境界，被时人称为“五华五子”之一；今人肯定其为“云南古代文学史占有一定地位”的人。然而，由于历史的种种原因，其诗文大都散佚，故难见其全。后人每每议及此，无不慨叹。就是宏才硕学、以博雅名冠云南文坛的袁树五先生，也如是说：“丹山诗名籍甚，所传六诗，皆非上驷，当再访之。”（见《卧雪诗话》）显然，今天要做收集、整理杨国翰诗文的工作，具有一定的难度。

后生可畏，这样一项艰辛的工作，终有临沧教育学院的青年学者杨宝康同志，把它认真地做起来了。宝康和杨国翰同乡，自幼受到杨国翰传闻的影响。少长，得读杨国翰的一些诗文，尝为他的一些至理名言所折服，受益良多。大学毕业分配到临沧执教

* 原为《杨国翰诗文选集》所作之序，本书在原书的基础上增订而成，因而延用此序。

后，有条件对家乡的历史文化进行调查研究。而对杨国翰的诗文、书札的收集，更多所注意。及至有所积累，便下定决心，拟完成一项《杨国翰诗文选集》的工作。随即，他把这一决定告诉了我。我认为这是一件有意义的事，收集整理地方文献，不仅有存史、资政、团结、育人的价值，还可以达到宣传云县的目的。让人们通过是书进一步了解风物宜人、山川秀美、人杰地灵的云县，以招徕天下客。为云县的改革、开放、求发展，做出应有的贡献。祝愿并期盼他成功！

经过数年孜孜不倦的努力，终于在这仲冬时节，他把这书稿的清样寄来给我，并嘱要取阅后意见和索序。终究是师生情谊，我也不假推辞，便就书稿认真学习起来。全书凡诗歌、散文、书信、附录四个部分并杨国翰传论及图片数幅。其特点：一是图文并茂。从若干图片中精选出最重要者五组。二是选文甚精审。各个时段的代表作均有收入，基本上反映了杨国翰为人、为官、为学的情况。三是校审认真。逐章逐句逐字进行了比勘考订，以求其真，还原文之本来面目。四是注释标点允当。读释文有确切、凝练、清晰、晓畅之感，查标点亦觉断点有理，风格统一，符号规范。五是所附传论，客观公正。把传主放在特定的历史条件下，以材料为依据，实事求是地进行评价；既不苛求于前人，又不盲目地吹捧；这样的传论有助于读者对诗文的理解，也可加深人们对杨国翰的认识。很明显，在选编过程中，宝康同志花了力气、下了功夫。据我所知，他循着杨国翰生前的活动轨迹，遍访家乡的知情者，又到昆明和外地，搜寻求索，辗转行程上万里，而终至有所获。再经严肃、悉心的校点之后，便成为今天奉献给读者的《杨国翰诗文选集》。

《杨国翰诗文选集》的编写成功，有两个方面值得重视：一是宝康同志把爱乡情谊化为行动，做了一件难做而又值得做的事，这真是“永世克孝，怀桑梓焉”，他以这本《杨国翰诗文选集》来回报养育自己的家乡父老；二是他把收集、整理、研究家乡文献和建设云南民族文化大省结合起来，踏踏实实地做一些力所能及的事，令人钦佩，很有启发。

当然，收集、整理、研究杨国翰诗文遗作的工作，这仅仅是开始。就本书而言，一些地方尚可再作深入，如注释条目，似可增加一些，再细一点；也可考虑增加题解，更有助于读者对原文的理解。对于这些，只能待将来有条件时再作斟酌。而对于第一个来做这种难度极大的工作的青年学者，是不能过分求全的。能做到现在这样的水平，已经是件不容易的事了。据宝康说，他在完成这本《杨国翰诗文选集》的同时，还另有专文，如《“五华才子”杨国翰评传》《杨国翰与林则徐的关系述论》《论清代云南诗人杨国翰的诗》等，说明他还有一些关于杨国翰的成果，我希望能早日获读，亦盼其早日奉献给读者。

光阴荏苒，宝康离开云南大学已经十又三载。他很勤奋，不断有新作问世，可喜可贺。值此《杨国翰诗文选集》付梓之际，谨祝他继续奋进，取得更多更大的成就。

张鑫昌

2002年12月6日于云南大学

杨国翰传论

云南云州（今云南省临沧市云县）人杨国翰是清朝嘉庆年间云南“五华五才子”之一，嘉庆二十四年（1819）举人，嘉庆二十五年（1820）进士，道光年间宦迹浙江奉化、诸暨、海盐、仁和（今浙江省杭州市余杭区）、海昌（今浙江省海宁市）、玉环分府各地。为官作文，杨国翰都做出了无愧于时代的历史贡献。他不仅是封建社会里一名有作为的地方官员，其诗文在云南古代文学史上也有一定地位。

一

杨国翰，字凤藻，号丹山。清乾隆五十二年（1787）二月五日出生于云南云州勐麻一个中等商人家庭里。他的原籍是江西抚州府临川县。父亲杨本源，字林青，于乾隆三十三年（1768）来滇，游易滇东、滇西各地，乾隆三十五年（1770）到云州勐麻，经商置地，定居生活。母亲徐氏是贡生徐卿升长女，善理家庭生计。她经常以“显亲扬名”的封建伦理道德鼓励儿子上进，对杨国翰日后的处世、理事产生了重要的影响。

杨国翰在父母的精心培育下，较早地读了一般士人需读的儒家经传。他“自少不好嬉戏，长即奋志圣贤”[1]（P1117）。嘉庆十一年（1806），二十岁时“屡冠多士，以补员寻拔前茅而食饩”[1]（P1117），即由秀才进为廪生。他兴趣爱好广泛，喜交朋友。与大理文士周之烈（字鸿雪）交往密切。两人诗文唱和之暇，“丹山抚琴，鸿雪舞剑，一时传为佳话”[2]（P1097）。对此，云州城北太和寺大殿曾刊悬一副对联：“生聚在玉洱银苍以外；往来有丹山鸿雪之风。”[3]（P828）

嘉庆二十年（1815），杨国翰二十九岁时到云南著名的五华书院读书，受教于当时名流刘大绅（字寄庵）先生。开始研读《天下郡国利病书》《孝经周礼注疏》《说岳全传》等著作，为日后的政治实践准备了思想资料。学习的五年期间，他学业长进甚快，活跃于昆明文坛。写下了《星回节》《王曾志不在温饱》《丙子春正从游太和宫观梅花分韵得水字》《胡安定先生投书涧中》《笔架山》《六月辛亥夜藏书楼有光若晨霞》《上蛇山绝顶》《克复如磨镜》《读寄庵师壬戌岁历城手钞七家诗》《送寄庵先生》《忆寄庵先生》《数日阴雨不意师适至有作》《和寄庵夫子忆刘召荫作》《寄池龠庭》《闻弟栋藻失子寄此慰之》《吊罗景山》《次韵寄庵师围炉吟》《访壁立堂遗址》《采菊吟》《寄庵先生赐手书扇》《寄庵先生中秋赐木瓜》《问讯太华寺鹤》《龙泉观梅花》《观松花坝思咸阳王》《遇二忠墓》《吊建水马氏两世忠烈》《母亲生日恭纪》《和寄庵师云州杨氏三世节孝》《留缅书》《漉血战》《神舟渡》《永镇关》《鸡血膏谣》《修月匠歌》《鸣琴有感》《妙应寺古梅》《访罗景山同观梅花弹琴有作》《和池龠庭重游太华山罗汉壁元韵》《谢谨堂秋分见梅花属和》《晨起积雪五首》《寄庵师出画菊花雁来红扇命题》等诗歌和散文《〈寄庵文钞〉后序》等，并著有诗集《步华吟》（已佚）。与戴絅孙、池生春、李于阳和戴淳被世人称为“五华五才子”[4]（P6044）。这时，杨国翰还没有表现“政治才干”的机会，但从他的一些诗文中，可窥见他处世为人的风格和政治抱负。如在《〈寄庵文钞〉后序》一文中，他一方面表现出对为“争炫耀于一时之耳目”而“雕虫篆刻”的鄙视，另一方面对刘大绅师命评读《寄庵文钞》则谦为

是“撮土之于泰岱，掬水之于河海”；在《留缅书》一诗中，对大侯（治今云县）土官俸禄妻勐氏的淑媛节烈热情讴歌，发出了“宜续梁宫阿盖诗，不然增滇志一卷”的感慨；在《漉血战》一诗中，挥写出“感激生平抱忠义”和“志士名高天马低”的激昂；而在《鸡血膏谣》一诗中，则充满了对“岁时饥寒奔命者”的同情和对当时世道“哀声不达天听高”的唾弃。这些诗文反映了杨国翰早期思想中要求改革和注重民生的因素。刘大绅师在《步华吟》序中说：“子渊氏之言曰：‘夫子步亦步，趋亦趋；夫子绝尘而奔，回瞠乎其后。’予则曰：‘丹山驭风御气，以与造物者游，老夫直扶杖而观，裹足不前已矣，步趋云乎哉！’”[5]（P14112）对杨国翰的诗歌做了高度评价。杨国翰的诗文不仅有独特的文风和诗意，又多能鞭挞贪官污吏伎俩、讴歌弘扬正气和反映百姓生活，在云南古代文学史上无疑有一定地位。

二

嘉庆二十四年（1819）八月，林则徐到昆明主持云南乡试，任正考官。他提出了“佻诡浮薄之词，概斥勿录”“大抵皆有志于学，求副实用，不以小成自甘，而浸淫风雅”的取才标准[6]（P9），对全部试卷“逐加评点”，严格选拔“文理优长”的“真才”，取正榜五十四名，副榜十名[7]（P94）。在这次乡试中，杨国翰荣登桂榜，中第四十二名举人，具备了迈入“仕途”的重要条件。乡试录取发榜后，林则徐得知杨国翰是五华五才子之一，非常高兴，“同考皆以为得士贺”[1]（P1117）。两人由此相识，并因师生之情和志趣相投而结下情谊。是年，杨国翰三十三岁。

嘉庆二十五年（1820）四月，杨国翰赴京赶考，顺利通过礼部主持的会试，进入皇帝策问的殿试，最终以三甲赐同进士出身荣登黄榜。[8]（P2778）同年七月，嘉庆帝病死。八月，嗣位的道光帝"钦点知县"，杨国翰被分发浙江，出任奉化知县。至此，杨国翰得以施展政治抱负，先后在浙江各地为官十二年，开始了他一生中最为重要的时期。

三

嘉庆二十五年（1820）除夕前三日，杨国翰到杭州岳王庙凭吊岳飞，作《观精忠柏记》，忠义之气，溢于言表。道光元年（1821），杨国翰到任奉化知县。他见"农田侨宿"，立即了解缘由，在得知是"瓜芋菜蔬夜或被窃，故侨宿以守"的情况后，迅速召来地保训话。他说"农夫终日劬苦，若夜间又露宿，不得安寝，是重苦也"。并做出决定，让农民撤宿回家，宣布"自今农田被窃者，惟余是偿"，使"地方肃然"[9]（P252）。同时，杨国翰还注意兴学施教。他"崇奖儒学"，说讲五经要义。在看到原广平书院被"废为梵院"后，他非常吃惊，立即"为捐俸额，使亟改之"[9]（P253）。此外，杨国翰注意教民化民，移风易俗。是时，奉化封建的重男轻女思想比较突出，"溺女之风"盛行。他勇于破除这一陈规陋习，"亲至八乡劝捐民田千余亩"[9]（P253），扩大由奉化教谕孙熊创建的育婴堂规模，"经营尽善，岁活数百婴，立千古未有之德"[1]（P1118）。在他离任时，仍念念不忘这一慈善事业，特别写下了留别婴堂诗二首，其中有"诸君造福真无量，若辈重生已有门；幸甚众心同集腋，裘成冰窖亦春温"和"假如心血可为乳，不惜一腔分众婴；忍使呱呱多失养，方欣幼幼有同情"之句[10]（P50）。

道光二年（1822），杨国翰调任诸暨知县。他体察民情，访贫问苦，常“变服矫褐，徒步走乡村，访求民隐，举地方之利弊，民生之纾困”[11](P396)。在深入调查的基础上，他“禁屠耕牛”[1](P1118)，推广犁耕，发展农业生产。同时，杨国翰还注意清理积案，铲除奸恶，保一方平安。他到任时，前任知县积压案件达六百件之多。在“不清积案，无以安民”的思想支配下，他详细了解“事之曲直”，日夜加紧处理案件，“剖决如流”。使“历政滞讼数百宗，无一冤抑”[11](P397)。针对诸暨社会治安混乱的实际情况，他“慑服巨盗，饬胥役，绝樗蒲”[1](P1118)，“窃窝皆先躬访之，而后躬自擒捕之”，使“四境大治，雀鼠敛迹，奸宄累息，民不见吏，户无犬吠”[11](P397)，人民得以安居乐业。杨国翰雷厉风行，为民除害，诸暨一时重现清明之风，他也获得了人民的称颂。“人皆以杨青天呼之”[11](P397)。道光三年（1823）二月，杨国翰受命复任奉化知县，诸暨的老百姓“匍匐乞留，号涕阻道”[12](P59)。光绪年间修撰的《诸暨名宦志》载：“汉时吴公治平为天下第一，若此者，可以当之矣……迄今八十余年，杨青天之名传颂弗替，其薄谳诸事犹有人能道之者。”[11](P397)

四

道光三年（1823）二月，杨国翰复任奉化知县。五月，他洞察时弊，给时任江苏按察使的林则徐写了《上江苏林臬台书》。在书信中，杨国翰首先对林则徐称颂有加，他说“夫子抵苏，不数月，举数十年积习惯恶为民害者，一旦廓清之……闻夫子勤政，刻无安歇，时复微行访缉，用敢琐渎听闻”，表示要“体夫子之教，法夫子之行”。其次，杨国翰认为“不清吏治，无以靖闾阎；不去莠民，无以安良善；自来提省之案，情节必大，疑窦必多，牵连必众”，进而提出了“惩贪墨、锄奸匪、清案件”三项主张。最后，杨国翰着重指出，江苏“惟习竞佻巧靓艳，侈荡无度，聚赌宿娼吹烟诸恶甲他省”[12]（P55–57）。触及了吸食鸦片这一当时已经严重的社会问题。

如果说杨国翰深受林则徐的影响，“沐教甚久，受知最深”[11]（P339）。那反过来，杨国翰也启发了林则徐。道光三年（1823）七月，林则徐给杨国翰回信《答奉化令杨丹山明府国翰书》。在信中，林则徐称赞杨国翰“深悉民情，勤求治体，风裁卓荦，操守洁清”。对于杨国翰提出的三项主张，林则徐认为“承示数条，事理确当”，并表示“有办理未到之处，仍望切实指陈”[13]（P6–7）。此外，林则徐主要陈述了他在江苏整顿吏治民风、清理积案的工作。信中说：“吴中有不治之症二：在官月疲、在民月奢。即如游手好闲之民，本业不恒，日用无节，包揽妓船，开设烟馆，要结胥役，把持地方。渐渍既非一朝，剪除势难净尽，惟有将积蠹有名之棍，密访严拿，期于闾阎稍靖。”[13]（P6）在这封信中，表明林则徐已发现江苏吏治民风败坏的“病根”所在，同时已开始认识鸦片的毒害，把“开设烟馆”者视为“游手好闲之民”，而要“密访严拿”那些“积蠹有名之棍”。正如来新夏先生指出：“这是他（林则徐——笔者注）最早进行禁烟活动的文字记载。”[7]（P123）同时，杨国翰复任奉化知县后，为政仍立足于便民惠民，为百姓排忧解难。江东旧有浮桥（灵桥——笔者注），因“前机失宜，岁圮难继”。杨国翰“择立董事，亲授规画”，筹资修复，“设桥吏以启闭，量赢余为岁修”，使交通“大改前观”[1]（P1118–1119），既便利了两岸百姓往还，也促进了奉化的经济社会发展。

五

道光四年（1824）至道光七年（1827），杨国翰任海盐知县。在海盐任上，他兴修水利，“凿白羊以固海塘”[1]（P1119），杜绝水患，灌溉农田，促进农业生产的发展。同时，他注意“厘奸剔弊”[14]（P587），体察民情，“营义地以禁火葬”[1]（P1119），“督令将无主棺木遍为葬埋”[14]（P587）。在孝治天下、律禁火葬的当时，这无疑是应该肯定之举。

道光六年（1826），杨国翰告假回云州迎母亲到海盐奉养。现杨氏后裔尚保留杨国翰手书木质匾额一块。该匾宽208厘米，高64厘米，右直书道光丙戌季冬吉旦，中横书桂院流香四字，左直书赐同进士杨国翰敬立。匾额为红漆底牌阴刻金字，笔力浑厚雄强，宽舒生动，是具有重要史料价值的珍贵文物。

道光八年（1828），杨国翰调任仁和知县。是时，仁和为浙省会邑，“食众事烦”，但他不以为苦，而是“绝盐当之规，亲发审之案”[1]（P1119）。同年，因在各地任上政绩突出，道光帝在京城召见杨国翰，“天颜温霁，圣训周详”，勉励他“好好照此去做”[1]（P1119）。同时，杨国翰父杨本源得覃恩诰赠为“文林郎”，母亲徐氏得覃恩诰封为“孺人”[15]。

道光九年（1829），杨国翰调署海昌知县。首先，他采取因地制宜发展农业生产的措施。“课农桑”，使“士民蒸蒸日上”[1]（P1119）。其次，注意“兴学校”[1]（P1119），捐资五百两银子，恢复被火毁坏的安澜书院，增收儿童入学[16]。促进了当地文化教育的发展。

道光十年（1830），杨国翰受命复任仁和知县。旋升任玉环同知。是年，其父母再蒙覃恩，杨本源被诰赠为“奉政大夫”，母亲徐氏被诰封为“宜人”[17]。

杨国翰一面结束在仁和的工作，准备启程；一面又兴奋地写下了“感恩述怀”诗。在《恩三章》中，他这样写道：“鸡人筹听五更传，阊阖齐开鹭序联；殿耸三霄红日上，臣来万里彩云边。海疆奉职惭无地，金阙承恩喜见天；遭际圣朝多异数，庸庸奚以效埃涓。”“宵旰勤劳日正新，万几犹暇接微臣；三农岁月周宸虑，一郡灾荒动俯询。何幸天威偏色霁，总缘邑宰与民亲；雍容奏对叨非分，□□温纶训诲谆。”“官箴第一推操守，诚实无欺始济公；旷世王谟三代上，千秋臣职两言中。生平志敢初心负，仕宦时须本色同；佩服煌煌天语在，常将清慎勉愚衷。”[18]（P911-912）杨国翰直抒胸臆，忠君思想溢满情怀，爱民之心跃然纸上。在《初擢玉环书怀》一诗中，他这样写道：“历尽东西浙海边，宦途时恐积尤愆；本来面目惟安拙，到处苍黎却有缘。十载臣心真似水，九重君德正如天；头衔甫换寻常事，博得慈闱一輾然。”[18]（P912）表达了他步入“仕途”后的所思、所想和对晋升的感激与超然。

道光十一年（1831），杨国翰上任玉环同知。他不仅注意“平允盐务”，“储芋丝以救饥民，扫台浆以惩奸弁”，而且在被“专折奏办东防塘工”后，又致力于“肃清海洋”[1]（P1119），加强海防，为清朝的国防建设做出了自己应有的贡献。

道光十二年（1832）七月，杨国翰母亲在玉环一病不起。杨国翰奉旨送母灵柩回籍安葬，途经苏州时，时任江苏巡抚的林则徐亲自前往吊奠，见杨国翰“面墨泣哀”，林则徐“节慰者再”[1]（P1118）。杨国翰因悲伤过度，忧劳成疾，道光十三年（1833）六月十三日，在云州勐麻家中去世，年四十七岁。

杨国翰的去世，引起了浙江各地士民的追悼与惋惜，纷纷以诗文抒发他们的哀思。诸暨士民哀诗云：“我悲杨夫子，积哀齐昆仑。公如千顷波，汪汪无涯垠……行将负书去，归卧烟水滨。报公知如何，思公以终身。”[11]（P397）海昌耄耋楼厚桐挽诗《悼杨公》，中有“公去何太速，公来何太迟……攀辕留不住，送公宜复行”之句[19]。玉环厅士民送挽联“地肺无灵，痛我慈君丧慈母；天心有感，俾完纯孝作纯臣”。[20]（P853）林则徐更是倍感悲痛与惋惜，亲自撰写了“望重五华，才高三迤；功歌两浙，名达九重”[3]（P828）的墓联和“公坐则本德行以发为文章，起则本文章以著为政事。若公者可谓言行相符，宜为天地间不朽之完人也。况乎英年长才，朝廷方倚大用，吾辈正俟虚席”[1]（P1119）的墓志铭，高度评价了杨国翰的文学才华和为官政绩。所有这些，是他尽瘁于清朝而得到的“荣誉”。但他真正值得人们追念的，是他在“天下贪官甚于强盗，衙门官吏何异虎狼”条件下的重民思想和务实作风。

杨宝康

参考文献

[1] 杨滋荣：光绪《续修顺宁府志》卷三十四，杂志三，玉环同知杨丹山先生墓志，香港：香港天马图书有限公司，2001 年。

[2] 杨滋荣：光绪《续修顺宁府志》卷三十四，杂志三，周之烈传，香港：香港天马图书有限公司，2001 年。

[3] 云县地方志编纂委员会：《云县志》，昆明：云南人民出版社，1994 年。

[4] 王钟翰：《清史列传》卷七十三，文苑传四，北京：中华书局，1987 年。

[5]《寄庵文钞续附》卷一，《云南丛书》第二十六册，北京：中华书局，2009 年。

[6] 林则徐：《己卯科云南乡试录序》，王清穆：《云左山房文钞》卷一，上海：上海广益书局，1916 年石印本。

[7] 来新夏：《林则徐年谱新编》，天津：南开大学出版社，1997 年。

[8] 朱保炯、谢沛霖：《明清进士题名碑录索引（下）》，上海：上海古籍出版社，1980 年。

[9] 张美翊：光绪《奉化县志》卷十八，名宦，杨国翰传，上海：上海书店，1993 年。

[10] 张美翊：光绪《奉化县志》卷三，建置下，杨国翰留别婴堂诗二首，上海：上海书店，1993 年。

[11] 蒋鸿藻：光绪《诸暨名宦志》卷二十三，杨国翰传，上海：上海书店，1993 年。

[12] 杨宝康：《杨国翰诗文选集》，德宏傣族景颇族自治州：德宏民族出版社，2002 年。

[13] 林则徐：《徐奉化令杨丹山明府国翰书》。王清穆：《云左山房文钞》卷四，上海：上海广益书局，1916 年石印本。

[14] 徐用仪：光绪《海盐县志》卷四，澉浦同善堂，上海：上海书店，1993 年。

[15]《大清道光八年敕命碑》，见云县大寨杨国翰墓址。

[16] 许传霈：民国《海宁州志稿》名宦志，杨国翰传，上海：上海书店，1993 年。

[17]《大清道光十年制诰碑》，见云县大寨杨国翰墓址。

[18] 吕鸿焘：光绪《玉环厅志》卷十三，艺文志，上海：上海书店，1993 年。

[19] 楼厚桐：《悼杨公》，见云县大寨杨国翰墓址。

[20] 吕鸿焘：光绪《玉环厅志》卷九，职官，杨国翰传，上海：上海书店，1993 年。

诗歌

星回节[1]

滇南有遗风，由来何所起。我今一吊之，轶事纷可纪。传说烈妇人，当年殉节是。妾义不偷生，妾心如灰死。感此身可焚，从一而终矣。烈烈千秋风，遗恨冲霄紫[2]。抑闻蜀汉[3]时，远征南人喜。王师日月光，吾侪爝火耳。何以迎王师，火炬相逻迤。光明复光明，终古诸葛子。由汉亦越唐，斯风遂尔尔[4]。唐中六诏[5]兴，雄视推大理[6]。炎炎势逼人，五诏吞斯已。安事警烽烟，松明楼[7]在迩。如此诸前闻，那堪煨烬[8]比。况成佳节传，光辉满城市。今我思古人，遥望将何企。大节光皇天，孤忠[9]照青史[10]。节烈并忠贞，昆华同苍洱。山水自古今，旷怀千万里。

题解

本诗选自刘大绅辑《五华诗存》卷六，嘉庆二十一年（1816）会文堂刻本。

该诗记述了星回节的由来，切合史事和传说，不仅发思古之幽情，而且唱叹中有评论，“山水自古今，旷怀千万里”不愧名言佳句。

注释

[1] 星回节：“星回”一词源自白语，为柴火之义。大理一带有阿南公主的故事，汉元封间，叶榆（今属云南省大理市）妇阿南者，为酋长曼阿娜之妻。曼阿娜为汉将郭世忠所杀，欲妻阿南，

阿南曰，能从三事当许汝：一做幕以祭故夫；一焚故夫衣，易新衣；一令国人皆知我以礼嫁。郭世忠如其言。明日，聚国人，张松幕祭其夫，下置火。阿南藏刀出，俟炽，焚夫衣，即引刀自断其颈，仆火中。时六月二十五日也，国人哀之，每岁以是日燃炬吊之，名为星回节。

[2] 霄紫：指帝王所居；本意是道观，天地起源。

[3] 蜀汉：三国时期割据政权之一。221 年，刘备在成都称帝，国号汉，史称“蜀汉”，简称“蜀”，263 年，为魏所灭。

[4] 尔尔：意为不过如此。

[5] 六诏：唐初，分布在洱海地区的众多少数民族部落经过相互兼并，最后形成蒙嶲诏、越析诏、浪穹诏、邓赕诏、施浪诏、蒙舍诏六个大的部落，彝语王为诏，其先有六王，称为六诏。蒙舍诏在各诏之南，故又称南诏。唐后期，蒙舍诏归义并其他五诏，成为统一的区域性政权，总称南诏。

[6] 大理：大理国（937—1254）是中国历史上在西南一带建立的多民族政权，全国尊崇佛教，历代国君多于暮年禅位为僧。其强盛时期，疆域“东据爨（今云南省东部），东南属交趾（今越南北部），西摩伽陀（今印度境内），西北与吐蕃接，南女王（今泰国北部南奔府一带），西南骠（今缅甸中部），北抵益州（以大渡河为界），东北际黔巫（今贵州省东北部）”，成为雄踞中国西南和东南亚的重要政权。

[7] 松明楼：唐朝开元年间，洱海地区六个大的部落受唐王朝剑南节度使管辖。其中蒙舍诏日渐强大起来，攻下了河蛮部族，诏主皮罗阁有了吞并五诏的野心，图谋独霸一方，便用金银珠宝贿赂剑南节度使王昱，得到朝廷默许。当时的六诏，诏主属于同源同宗的远亲，日常素有往来。一次，皮罗阁应邓赕诏主皮罗邆

的邀请赴邓川做客，宴席间，他发现邓赕诏夫人慈善公主美丽非凡，而且举止优雅，谈吐不俗，便产生了霸占慈善公主的想法。在兼并六诏和霸占慈善公主两个欲望的驱动下，皮罗阁心生一计。他在都城巍山修建了一座松明楼，以农历六月二十五日六诏共同祭祖为名，邀请五位诏主到松明楼赴宴，然后一把火烧毁了松明楼，烧死了其他五位诏主，进而翦灭五诏，建立了统一的区域性南诏政权。公元 738 年，唐玄宗册封皮罗阁为云南王，南诏进入全盛时期。

[8] 煨烬：意思是灰烬，燃烧后的残余物；经焚烧而化为灰烬；指烧尽；指火灾。

[9] 孤忠：意思是忠贞自持、不求人体察的节操之人。

[10] 青史：古代以竹简记事，故称史籍为“青史”。

王曾[1]志不在温饱[2]

文绣叠叠夸重茵[3]，此中不过温我身。膏粱[4]馥馥[5]列重内[6]，人生何地终盛名。轩冕[7]非荣禄非贵，道德功名少世味。我瘦不嫌天下肥，淡泊宁把初心违。读圣贤书[8]学何事，圣贤相尚[9]此其志。

题解

本诗选自刘大绅辑《五华诗存》卷六，嘉庆二十一年（1816）会文堂刻本。

该诗评人、叙事婉转自如，而识见高远，可钦可敬。

注释

[1] 王曾：978 年生于青州益都县兴儒乡（今山东省青州市郑母镇），8 岁而孤，由叔父抚养成人，字孝先，别名王沂公。咸平年间，王曾连中三元（乡试、会试、殿试皆第一），后两拜参知政事，并两次拜相。公元 1038 年去世，获赠侍中，谥号“文正”。

[2] 志不在温饱：王曾中状元后，翰林学士刘子仪跟他开玩笑说“状元试三场，一生吃着不尽”，王曾正色作答“平生之志，不在温饱”。

[3] 重茵：意思是双层的坐卧垫褥。

[4] 膏粱：肥肉和细粮，泛指精美的饭菜。

[5] 馥馥：形容香气很浓。

[6] 重内：指增强内在世界的力量。

[7] 轩冕：古时大夫以上官员的车乘和冕服。

[8] 圣贤书：古代圣贤写的书，通常指传统文化中经书典籍，主要指四书五经。四书分别是《大学》《中庸》《论语》《孟子》。五经分别是《诗经》《尚书》《礼记》《周易》《春秋》。

[9] 相尚：指互相超过、相互推崇。

丙子[1]春正[2]从游太和宫[3]观梅花分韵[4]得水字

从先生游山与水，山水金碧[5]春气紫；黑龙潭[6]上梅影悠，太和宫中花色美。山中羽士[7]惯餐霞[8]，余霞散作春花蕊；红紫千万俗眼惊，珊珊[9]仙骨真莫比。冰雪愈老神愈清，宁特先春冠桃李[10]；吾师风韵何飘飘，笑摘琼枝[11]呼小子。汝辈游观各有怀，以吾长乎毋吾以；春风春树快吟诗，莫放春光徒逦迤。吾侪一一推旦敲，窃恐诗瘦花相似；山耶水耶亦寻常，满座春风人仰止。

题解

本诗选自刘大绅辑《五华诗存》卷六，嘉庆二十一年（1816）会文堂刻本。

该诗是杨国翰等诸生随刘大绅师游昆明太和宫，观赏梅花，数人相约赋诗，摹写传神，师生情谊跃然纸上。

注释

[1] 丙子：指嘉庆丙子年，1816 年。

[2] 春正：正月。

[3] 太和宫：地处昆明市城东十五里处的鸣凤山，创建于明万历三十年（1602）。云南巡抚陈用宾命人仿湖北武当山太和宫内的铜殿式样铸造“金殿”供奉真武神像，又于殿外筑砖墙、城楼，宫门环护，故称太和宫。清康熙九年（1670），吴三桂修葺太和宫，重铸真武铜殿，铜铸神像，并将其使用过的一把重 6 公斤的木柄大刀留在太和宫，以炫耀其武威。

[4] 分韵：数人相约赋诗，规定用某某等字作韵，各拈一字叫分韵。

[5] 金碧：中国画颜料中的泥金、石青和石绿。凡用这三种颜料作为主色的山水画，称“金碧山水”，比“青绿山水”多泥金一色。

[6] 黑龙潭：地处昆明市北郊龙泉山五老峰脚下，是有名的道教胜地，有“滇中第一古祠”之称，同时它还以唐梅、宋柏、元杉、明茶四绝而闻名。

[7] 羽士：道士的别称；道士是道教神职人员的名称；旧时因道士多求成仙飞升，故名。

[8] 餐霞：餐食日霞，指修仙学道。

[9] 珊珊：形容衣裙玉佩的声音；也指轻盈、舒缓的样子，美好的样子。

[10] 桃李：比喻栽培的后辈和所教的门生。

[11] 琼枝：神话传说中的玉树，喻贤才。

胡安定[1]先生投书涧中

安定先生克自树[2]，理学[3]当年称独步；况有泰山与徂徕[4]，孙石二人相朝暮。心源欲溯洙泗[5]滨，川上常怀逝者句；离家读书经十年，家中音问亦有数。先生当时得一纸，但报平安已足矣；屡屡将书投涧中，读之徒乱人意耳。吾意宜究天与人，吾意宜穷经与史；区区家事何足云，知堪赴与东流水。吁嗟乎！董子下帷园不窥[6]，郑公报国书可毁[7]；泰山巍巍涧水清，遥望勤修[8]孰堪比。

题解

本诗选自刘大绅辑《五华诗存》卷六，嘉庆二十一年（1816）会文堂刻本。

该诗借古人咏怀，作者心境、抱负明晰可见。

注释

[1] 胡安定：胡瑗（993—1059），字翼之，泰州如皋（今江苏省南通市如皋县）人。北宋时期学者，理学先驱、思想家和教育家。生于淮南东路泰州如皋县宁海乡胡家庄，后迁居如城严家湾。因祖居陕西路安定堡，世称安定先生。

[2] 自树：树立自己的权势；自己有所建树。

[3] 理学：或称道学，亦称义理之学，是宋元明时期儒家思想学说的通称。

[4] 徂徕：山名，在山东省泰安市东南；也是借指来去往复。

[5] 洙泗：即洙水和泗水。古时二水自今山东省泗水县北合流

而下，至曲阜北，又分为二水，洙水在北，泗水在南。春秋时属鲁国地，孔子在洙泗之间聚徒讲学，后因以“洙泗”代称孔子及儒家。

[6] 董子下帷园不窥：汉代董仲舒讲学时放下帷幕，弟子转相传授，很久还有没见过董仲舒面的，因为董仲舒三年不曾到园内游赏。后以此典表示治学专注，学问精深。

[7] 郑公报国书可毁：郑公，即郑厚（1100—1160），字景韦，南宋时期官员，与郑樵号称“莆阳二郑”。郑厚生性刚直敢言，立志报效国家，扫除贪官，因批判孟子的言论，导致朝廷诏令毁掉郑厚所有的书及板刻。秦桧死后，郑厚重新被起用，尽忠职守，深受百姓爱戴。

[8] 勤修：为人善处事，常怀律己之心；为官慎用权，勤修为政之德。

笔架山[1]

山中宰相谁架笔，赢得奇峰耸一一；仙人指掌屈复伸，森森旁峙中独出。彩云出岫[2]笔花开，果否有神争叱咤[3]；濡染淋漓风雨惊，疑向此间搁不律。我闻宋有文文山，宅面文山多秀逸；先生志欲山与齐，厥号因之可山匹。宁惟文章第一人，赫赫忠精更贯日；山灵钟秀从古今，文山文人理可必。请看珊瑚映滇流，巨玺一削列山崒；愿把三峰倚如椽[4]，临池墨洗[5]昆水溢。

题解

本诗选自刘大绅辑《五华诗存》卷六，嘉庆二十一年（1816）会文堂刻本。

该诗摹写昆明笔架山，生动传神。状难状之景，寓豪情之意。

注释

[1] 笔架山：位于今昆明市安宁市温泉街道与昆明西山区团结街道交界处，因三峰陡起，形如笔架，故名笔架山。也有民间传说，有神仙云游至此，山俊水秀，引得神仙诗兴大发，一气呵成之时，置笔于此，遂成笔架。

[2] 出岫：出山，从山上或山洞中出来，比喻出仕。

[3] 叱咤：怒斥，呼喝。

[4] 如椽：像椽子一般粗大，比喻笔力雄健的文辞。

[5] 墨洗：洗毛笔时用以盛水的器具。

六月辛亥夜藏书楼[1]有光若晨霞

天有日月照无边，赫赫精华盈云烟。地有珠玉晦而显，奕奕光辉彻山川。天地氤氲[2]泄难毕，中间人文苍蔚出。酝酿奇气东壁联，文光遂兴天地一。滇中五华[3]萃英流[4]，充栋汗牛[5]锁层楼。百尺深沉复无月，其间色相都幽幽。丙子[6]六月之辛亥，日中较艺才华倍。曾否光焰长烛天，生花大笔焕神彩。挑罢寒灯倏闻哗，高楼闪烁飞晨霞。晟光独明云不黑，如阳如火更如花。依稀卯金[7]天禄夜，太乙餐霞[8]霞可化。藜杖[9]上头吹复嘘，五华十色生邺架[10]。此地藏书岂寻常，积厚从来应流光[11]。况逢圣朝广文治，珠联璧合时煌煌。井鬼星精发皇久，文章辉映先与后。不须丹宠烧赤城，剑气更看横牛斗[12]。

题解

本诗选自刘大绅辑《五华诗存》卷六，嘉庆二十一年（1816）会文堂刻本。

该诗是五华书院诸生杨国翰、杨逢春、樊子封、黄河治、汪自修等所写同题诗之一，杨国翰从自身角度和感受，描写了五华书院的藏书楼情形及其藏书收藏的诸多感受。

注释

[1] 藏书楼：五华书院门内古柏森森，中一甬道，两旁斋舍。中为大讲堂，后建藏书楼。藏书楼先后置二十一史及周秦以来书籍近万卷，选士课读。

[2] 氤氲：指湿热飘荡的云气，烟云弥漫的样子。

[3] 五华：此指五华书院。五华书院，明嘉靖三年（1524）巡抚王启建于云南府城西北。嘉靖三十一年（1552）提学黄琮等增修建房舍172间，规制完备，成为云南最大书院。万历二年（1574）巡抚邹应龙重修。清康熙五十七年（1718）巡抚甘国璧购书六十八部。雍正九年（1731）总督鄂尔泰迁建于五华山麓，题额“西林学舍”，以其姓西林觉罗氏名之。

[4] 英流：意思是才智杰出的人物。

[5] 充栋汗牛：意思指书存放时可堆至屋顶，运输时牛累得出汗；用来形容藏书非常多。

[6] 丙子：指嘉庆丙子年，1816年。

[7] 卯金：谓刘姓。

[8] 餐霞：指餐食日霞，修仙学道。

[9] 藜杖：用藜的老茎做的手杖；谓拄着手杖行走。

[10] 邺架：比喻藏书之多。

[11] 流光：流动、闪烁的光彩，指福泽流传后世。

[12] 牛斗：指牛宿和斗宿。

上蛇山[1]绝顶

益州郡[2]远从蛇奇，前汉地理志先垂。蜿蜒北来甚岐嶷，势如奔龙向滇池。凌霄耸峙森崖巇[3]，云根荦确[4]高且危。蹲踞虎豹突熊罴[5]，石径盘折岩云弥。芒鞋筇杖遽[6]攀追，振衣绝巘[7]罡风吹。乾坤一瞬千里移，登登勿惮山嵾嵯[8]。山之巅兮上何窥，眼底光景万千卑。左顾金马之腾驰，右盼碧鸡之来仪。胸中丘壑岂规规，俯瞰华峰昆海时。一声长啸吞金危，陡然狂醉魂梦癡[9]。乘赤虬兮如所之，西逾昆仑越峨眉。十洲三岛凌峣巇，仙之人济济而随。排云扪斗问何其，游来尚觉飘然思。曾否龙头如此期，曾否鳌背如此骑。探幽至是如探骊，得珠在手心忘疲。此中不过饱吾腹，吾儒置身天地间。闻誉仁义两闲闲，此志从来不在小。纷华嗜欲漫相扰，卓哉当日王沂公[11]。朝野一时仰清风，公之学问鄙流俗。丁拔眼前洗贪酷，忆昔梅花咏偶谐。状元宰相先安排，吕文穆公口藉藉[12]。是子荣显[13]非我下，果然头第数王曾。庙堂故事衣钵[14]乘，簪花初上承明殿。天上人间会争羡，小人不知君子心。喋喋利口旁相侵，漫云衣食身外物。三场试罢一生吃，鄙哉所论早且轻。乌足[15]与语曾生平，生平志方浴日月。云雷展布补天阙，生平志欲扶昆仑。灵雨潇洒润乾坤，印累累兮绶若若[16]。人生何处餍[17]溪壑，五鼎[18]食兮五鼎烹。蛇山好吟天外诗，诗成近天天应知。

题解

本诗选自刘大绅辑《五华诗存续》卷一，刊刻时间当为嘉庆二十四年（1819），云南省图书馆馆藏善本。

该诗触景生情，用典言心，气势轩昂，音节浏亮，而识见不凡，意蕴深长，发人深思。

注释

[1] 蛇山：蛇山南起铁峰庵，北至马头山，山脊呈南北走向，长约十公里。以山脊为界，东为官渡区，西为西山区。远望山形似长蛇，故名蛇山，民间又称长虫山。

[2] 益州郡：是中国古代地名，范围在如今的云南省。这里以前是“南蛮”古王国滇国的领地，汉武帝时设立益州郡，属益州刺史部，郡治在滇池县（今云南省昆明市晋宁区）。

[3] 厜㕒：山巅高峻。

[4] 荦确：意指怪石嶙峋貌或者坚硬貌。

[5] 熊罴：熊和罴皆为猛兽，罴是熊类动物中体形最大的一种。

[6] 遽：仓促，突然；畏惧。

[7] 绝巘：极高的山峰。

[8] 嵾嵯：山石不整齐的样子。

[9] 癡：同“痴”，呆傻。

[11] 王沂公：王曾的别名。

[12] 藉藉：众多而杂乱貌；显著盛大貌。

[13] 荣显：荣华显贵。

[14] 衣钵：佛教僧尼的袈裟与饭盂；借指僧家的衣食，资财；中国禅宗师徒间道法的授受，常付衣钵为信证，称为衣钵相传。

[15] 乌足：哪里值得、哪里能够。

[16] 若若：长而下垂的样子；众多的样子。

[17] 餍：吃饱；满足。

[18] 五鼎: 古代行祭礼时，大夫用五个鼎，分别盛羊、豕、肤（切肉）、鱼、腊五种供品。三鼎、五鼎是士礼和卿大夫礼的分别。

克复如磨镜[1]

大学明明德[2]，外王本内圣[3]。人以拘蔽[4]昏，遂失虚灵[5]性。大哉颜氏子[6]，克复圣师命。一语尽为仁，千秋供究竟。妙譬众能喻，斯理直磨镜。尘积湮其真，蒙发现其净。但使渣滓捐，自然光辉映。明昧[7]争须臾，屏邪即还正。祓濯如未严，已贻灵台病。日新汤有铭，克明尧称畯[8]。重华[9]载虞书[10]，缉熙[11]传文咏[12]。心镜惟至人，磨之一于敬。四勿[13]圣贤事，敢将终身请。

题解

本诗选自刘大绅辑《五华诗存续》卷一，刊刻时间当为嘉庆二十四年（1819），云南省图书馆馆藏善本。

该诗直抒胸臆，语深意重，蕴含满满。

注释

[1] 磨镜：磨制铜镜。古用铜镜，需常磨光，方能照影。

[2] 明德：指光明之德。

[3] 内圣：指一个人的人格理想。通俗的解读就是修身养德，做一个有德行的人。

[4] 拘蔽：意思是拘泥片面，局限遮蔽。

[5] 虚灵：原指宇宙世界最初的一种朦胧、混沌与原始的状态。反映在人的身上，指人的返璞与归真，体现出一个人的真善美，它多以一种境界、风格而存在。

[6] 颜氏子：颜子（前521—前481），春秋末鲁国人，名回，

字子渊，亦颜渊，孔子最得意的弟子。

[7] 明昧：迷糊。

[8] 畯：周朝管农事的官。

[9] 重华：重华一般指舜。舜，传说中父系氏族社会后期部落联盟领袖。

[10] 虞书：《尚书》组成部分之一。相传是记载夏朝之前的新兴王朝——虞朝之书。

[11] 缉熙：指光明，又引申为光辉。

[12] 文咏：意思是诗文。

[13] 四勿：是颜渊问仁，孔子所作回答。从日常一言一动中做出了明确的指导，是后学修为的不二法门。

读寄庵[1]师壬戌[2]岁历城[3]手钞七家诗

世路驰如骛，宦情[4]淡如水。劳逸殊崇朝[5]，拙休遂难比。信非忘势人，不能行所是。吾师宦东时，遍游诗人里。历下停高轩[6]，请谒未遑矣。一编宋胶州，选自高密李（李十桐[7]、宋步武选本从借钞）。柳韦孟王[8]陶，意惟渐进耳。陶后何乃储，末登子朱子。五言推高淡，诸家味弥旨。古人真吾徒，谢客疾伸纸。讵矜风雅名，直视奔走鄙。卓哉七日功，尽矣七家美。先后时代分，位置更条理。爱古非薄今，闲难偷忙里。得母佳句耽，实乃优于仕。我今再讽咏，珍重失丽绮。因思势利场，谁弗争拜跪。何如陶渊明[9]，独深折腰耻。诗故高于人，长空片云起。余子宁不然，晦翁[10]况芳趾。安得万本书，一出振波靡[11]。畴与言诗者，努力昔贤企。

题解

本诗选自刘大绅辑《五华诗存续》卷一，刊刻时间当为嘉庆二十四年（1819），云南省图书馆馆藏善本。

该诗为读诗感怀之作，平淡真切，“得母佳句耽，实乃优于仕”，实乃点睛之笔。

注释

[1] 寄庵：刘大绅，字寄庵，号潭西逸叟，云南宁州（今云南省玉溪市华宁县）人，生于乾隆十一年（1746）。乾隆三十七年（1772）进士。清代乾、嘉、道时期滇籍著名学者和诗人。刘大

绅晚年以母老辞官回乡后，于1813至1820年，被云贵总督伯麟聘为云南五华书院山长。他培植新人，嘉惠后学，以身作则，教学相长，以培育治国人才为己任，是一位著名的教育家。道光八年（1828）去世，从祀乡贤、名宦二祠，入国史循吏传。著有《寄庵文钞》《寄庵诗钞》。

[2] 壬戌：指嘉庆壬戌年，1802年。

[3] 历城：因地处历山（今千佛山）下而得名。西汉景帝四年（前153）始设历城县，故称历城，明清时期隶属山东省济南府。

[4] 宦情：做官的志趣、意愿；做官的心情。

[5] 崇朝：意思是整个早晨，比喻时间短暂。

[6] 高轩：高车，贵显者所乘，亦借指贵显者。

[7] 李十桐：李怀民，号十桐，清初山东高密名家诗人。

[8] 柳韦孟王：指的是柳宗元、韦应物、孟浩然、王维，他们是唐代山水田园诗歌流派的代表人物。

[9] 陶渊明：名潜，字元亮，别号五柳先生，私谥靖节，世称靖节先生，一说浔阳柴桑（今江西省九江市）人，另一说江西宜丰人，东晋末到刘宋初杰出的诗人、辞赋家、散文家。

[10] 晦翁：朱熹（1130年9月15日—1200年4月23日），小名沈郎，小字季延，字元晦，一字仲晦，号晦庵，晚称晦翁，又称紫阳先生、考亭先生、沧州病叟、云谷老人、沧洲病叟、逆翁。谥文，又称朱文公。祖籍南宋江南东路徽州府婺源县（今江西省上饶市婺源县），出生于南剑州尤溪（今属福建省三明市）。南宋著名的理学家、思想家、哲学家、教育家、诗人、闽学派的代表人物，世称朱子，是孔子、孟子以来最杰出的弘扬儒学的大师。

[11] 波靡：随波起伏，顺风而倒，比喻胸无定见，相率而从，指倾颓之世风流俗。

送寄庵先生

晓出城东门，傍徨不能已；寒天鸡有声，我师去从此。
殷勤慰我辈，此行数日耳；破炉偕短笻，独倚肩舆裹。
清风满道路，晨星彻行李[1]；琴鹤[2]会未携，望望白云起。

题解

本诗选自刘大绅辑《五华诗存续》卷一，刊刻时间当为嘉庆二十四年（1819），云南省图书馆馆藏善本。

该诗写师生之情，两人情好自然流露。“傍徨不能已”“琴鹤会未携”，说尽送别况味。

注释

[1] 行李：此处指行旅。

[2] 琴鹤：意思是琴与鹤。古人常以琴鹤相随，表示清高、廉洁之义。

忆寄庵先生

潭西[1]堂上风，抱孙楼头月。风月恋主人，此时已清绝[2]。田园旧耕治，亲戚话怡悦。梦是华山多，想因及门结。依依数年心，何堪一日别。况乃时经冬，桃李盼春泽。春风应未倦，门外立深雪。

题解

本诗选自刘大绅辑《五华诗存续》卷一，刊刻时间当为嘉庆二十四年（1819），云南省图书馆馆藏善本。

该诗情深意切，风格清新明亮。“依依数年心”“桃李盼春泽”道出了师生情深。

注释

[1] 潭西：地名，刘大绅在云南的家居之所。

[2] 清绝：清雅超绝，形容清雅至极。

数日阴雨不意师适至有作

计日[1]何踌躇，阴云尽朝暮。从来行旅[2]期，多因风雨误。师归况未久，将毋费瞻顾。讵料[3]风霆鞭[4]，顿空[5]泥泞路。报到先生来，前言知有素[6]。言去斯不留，言来竟不住。衣冠跻函丈[7]，山风肃烟雾。

题解

本诗选自刘大绅辑《五华诗存续》卷一，刊刻时间当为嘉庆二十四年（1819），云南省图书馆馆藏善本。

该诗虽然出语平凡，但是意新情深，心境悠然。

注释

[1] 计日：指计算日数，形容短暂，为时不远。

[2] 行旅：此处指远行的人，往来的旅客。

[3] 讵料：岂料。

[4] 霆鞭：执掌五刑之外的主要惩罚刑法的官吏。

[5] 顿空：指急速地穷乏。

[6] 有素：指本来具有，原有，指有故交，久已熟悉。

[7] 函丈：古代讲学者与听讲者，坐席之间相距一丈。后用以称讲席，引申为对前辈学者或师长的敬称。

和寄庵夫子忆刘召荫[1]作

淼淼[2]昆池水，森森五华柏；蔼蔼[3]凤山云，磊磊[4]沧江石。之子从此归，情联境中隔；感怀正悠悠，欲言反脉脉。非不爱心神，其如重夙昔[5]；酒杯日以疏，诗思日以窄。维彼言旋人，奚慰远游客；夜深明月来，千里如咫尺。

山林有好鸟，先后翔平原；嘤嘤[6]听求友，翩翩[7]竞高骞。一举不得志，敛翮[8]归故园；留者幸不孤，比翼时腾翻。无何怅云散，分飞宁忍论；频教九万里，一羽徒轩轩。冲霄指鸿鹄，图南羡鹏鲲[9]；呼群屡回首，顺风出笼樊。

览古抗河梁[10]，赠答如苏李[11]；五字畅所言，千秋同此旨。君诗言别初，我歌送行起；乃复半载留，得毋中难已。相送忆昔会，相思即今始；安得风中琴，吹入知音耳。安得心中声，坐启故人齿；长夏长无聊，远眺西山[12]紫。

题解

本诗选自刘大绅辑《五华诗存续》卷一，刊刻时间当为嘉庆二十四年（1819），云南省图书馆馆藏善本。

该诗写长年离别，千里归家，情深义重，思念难忘，确有如此情境。

注释

[1] 刘召荫：待考。

[2] 淼淼：指水势浩大。

[3] 蔼蔼：形容众多的样子或是幽暗的样子。

[4] 磊磊：众多委积貌。

[5] 夙昔：前夜，泛指昔时，往日。

[6] 嘤嘤：鸟和鸣声，比喻朋友间同气相求。

[7] 翩翩：鸟轻飞的样子，指文采风流、举止洒脱的样子。

[8] 敛翮：收拢翅膀，指回归。

[9] 鹏鲲：鹏鸟与鲲鱼，比喻具有雄才大略的人。

[10] 河梁：桥梁，借指送别之地。

[11] 苏李：唐朝文学苏味道和李峤的并称。

[12] 西山：古称碧鸡山，明代称太华山，元代以来俗称西山，远眺形似巨佛长眠，亦名卧佛山，又有睡美人山之称。

寄池龠庭[1]

心交不在言，善交不在迹；迹睽[2]言尽疏，此交何时益。我思古之人，淡水盟松柏；意气初相投，性情永莫逆[3]。入室逢芝兰[4]，与居即安宅；朱陆[5]虽异同，无乃精辨覆[6]。李杜[7]勤相思，岂会风雨易；从来重知己，得一终胜百。不贵矜标榜，所期共指摘；此道关身心，斯世每轻掷；秋水对长天，美人[8]予将伯[9]。

题解

本诗选自刘大绅辑《五华诗存续》卷一，刊刻时间当为嘉庆二十四年（1819），云南省图书馆馆藏善本。《滇诗嗣音集》卷十八也加以收录。

该诗写朋友谈心与交往，表达了友人间高尚真挚的情感。

注释

[1] 池龠庭：名生春，字龠庭，一字剑芝，云南楚雄人。五华五子之一，嘉庆己卯（1819）举人，道光癸未（1823）进士。改翰林院庶吉士，散馆授编修。历官会试同考官，陕西乡试正考官。升南书房行走，督学广西，擢国子监司业。殁，祀广西名宦。著有《入秦日记》《直庐记》，门人彭昱编《池司业遗集》。

[2] 睽：同“暌”，违背，不合。

[3] 莫逆：指两人意气相投，交往密切友好。

[4] 芝兰：古时比喻德行的高尚或友情、环境的美好等。

[5] 朱陆：指宋代朱熹和陆九渊的并称。

[6] 辩覆：意思是辩解遮掩。

[7] 李杜：一般多指唐朝大诗人“诗仙”李白和“诗圣”杜甫的并称，也有称李白和杜甫为“大李杜”，李商隐和杜牧为“小李杜”。

[8] 美人：品德美好的人。

[9] 将伯：指为别人对自己的帮助或向人求助。

闻弟栋藻[1]失子寄此慰之

拭君丈夫泪，勿为儿女流。骨肉信难割，时命岂自由。尔子犹吾子，闻之增我愁。我愁尚如是，尔愁何以休。惓念堂上人，含饴思更悠。尔今侍晨夕，所冀欢心求。慰亲即慰我，言念安足忧。囊琴[2]况抚弄，色怡声自柔。感兹娱亲物，胡为三载游。叮咛弹复弹，人生乐事优。慈颜喜闻此，良夜风飕飕。

题解

本诗选自刘大绅辑《五华诗存续》卷一，刊刻时间当为嘉庆二十四年（1819），云南省图书馆馆藏善本。《滇诗嗣音集》卷十八也加以收录。

该诗直抒胸臆，同胞情真意切，此情此境，令人感动。

注释

[1] 栋藻：是杨国柱的字。杨国柱为杨国翰弟弟，曾就读五华书院，其诗《槐花黄》收入《五华诗存》卷六，其诗《碧鸡关》收入《滇诗丛录》卷三八。兼承父业有年，也曾随兄杨国翰赴浙江孝母。

[2] 囊琴：装琴入袋；囊中之琴。

吊罗景山（名万福，贵州广顺人）

曼卿如不死，蓉城谁人住；生死有定期，所悲老未遇。罗君家广顺，安贫乐园圃。州境飞羽檄[1]，投笔欣借箸[2]；胜算一朝出，苗匪逃无路。缪侯喜且惊，滇南与俱赴；在滇二十年，始终一寒素[3]。世路更险夷，气节穷益固；伏枥千里心，竟为风尘锢。秃笔老山水，枯桐[4]据烟雾；余事都入神，三图手所著（景山工画，善抚琴，尤精于易著，多奇中。著有知音便览及天星月会地舆诸图）。如此奇伟人，俗眼不一顾。丁卯[5]始识君，有怀同君诉。丁丑[6]欲送君，一夕君死去。死去何所求，比郭冷墟墓。傲骨摇山丘，众鬼夜惊怖。因此慨人生，最惨歌薤露[7]。况复瘗[8]他乡，旅魂归何处。我友多诔[9]君，诗文不知数。我师亦哀君，长歌几十句（五华山长刘寄庵先生重其为人，亦以诗哀之）。滇志他年修，珍重入流寓[10]。

题解

本诗选自刘大绅辑《五华诗存续》卷一，刊刻时间当为嘉庆二十四年（1819），云南省图书馆馆藏善本。

该诗是一首吊亡的诗，既表达了对死者的怀念和哀悼，又展现了作者的情深义重。

注释

[1] 羽檄：古代军事文书，插鸟羽以示紧急，必须迅速传递。

[2] 借箸：指为人出谋划策。

[3] 寒素：指清苦简朴。

[4] 枯桐：琴的别称，代指击钟的直长形木鱼。

[5] 丁卯：指嘉庆丁卯年，1807 年。

[6] 丁丑：指嘉庆丁丑年，1817 年。

[7] 薤露：是西汉无名氏创作的一首杂言诗。这是一首挽歌，表示对死者的哀悼，诗以薤上的露水容易晒干起兴，写人生的短暂；又以露水干了明天还能再降落，反写人的一去难以回还。

[8] 瘗：埋葬。

[9] 诔：叙述死者事迹并表示哀悼的文章。

[10] 流寓：在异乡日久而定居。

次韵[1]寄庵师围炉吟

天地有洪炉[2]，范围亿万里；人在甄陶[3]中，太和[4]彻毛髓。谁谓北风来，萧飒[5]倏易此；讵无灾手热，实乃心中耻。炉火亦可围，宁云无他技；兽炭[6]时时添，金飚[7]如远徙。况复便提携，温暖随举止；感兹叹炎凉，变态知何底。死灰不可学，红炉[8]雪成水；座中春风深，鼓铸[9]仰无已[10]。

题解

本诗选自刘大绅辑《五华诗存续》卷一，刊刻时间当为嘉庆二十四年（1819），云南省图书馆馆藏善本。

该和诗有玄想，有亲历，有描述，古今事与情融为一体。

注释

[1] 次韵：也叫步韵，是和诗的一种方式，就是按照原诗的韵和用韵的次序来和诗。

[2] 洪炉：指大火炉，比喻锻炼人的环境。

[3] 甄陶：烧制瓦器，指化育，培养，造就，喻天地造化。

[4] 太和：指阴阳二气交感变化所达到的和谐状态，表示宇宙万物最高层次的和谐。

[5] 萧飒：形容风雨吹打草木发出的声音，指萧条凄凉。

[6] 兽炭：做成兽形的炭，亦泛指炭或炭火。

[7] 金飚：秋季急风。

[8] 红炉：烧得很旺的火炉，亦指打铁炉。

[9] 鼓铸：鼓风扇火，冶炼金属、铸造钱币或器物，谓陶冶、锻炼。

[10] 无已：不倦，不怠；无止境，无了时。

访壁立堂[1]遗址

今古人不穷，今古诗人少。孙髯[2]大布衣，奇句惊人表。螺峰[3]东壁开，萧统楼空小。当其操选笔，风流寓窈窕。咒蛟徒有台[4]，删诗不见草。何如壁立堂，绝代供搜讨。感此益惆怅，山色夕阳杳。

题解

本诗选自刘大绅辑《五华诗存续》卷一，刊刻时间当为嘉庆二十四年（1819），云南省图书馆馆藏善本。《滇诗丛录》也收录其中。

该诗出语不凡，发人所未发，景仰之情良深。在作者看来，文坛上真正称得上“诗人”者不多，但自号“万树梅花一布衣”的孙髯却是其中之一。“奇句惊人表”“当其操选笔，风流寓窈窕”表达了作者对博学多识者的崇拜。面对人去屋空的壁立堂遗址，作者惆怅万千。

注释

[1] 壁立堂：在昆明市圆通寺内。

[2] 孙髯：字髯翁，号颐庵，博学多识，诗文词句豪放不羁，名重一时。年轻时喜欢种植梅花，自号“万树梅园大布衣”，中年家道中落，穷愁潦倒。他一生诗文很多，大观楼长联震古烁今，现存诗仅有《滇南诗略》录诗二十首和赵藩收集的《孙髯翁诗残钞本》。

[3] 螺峰：即螺峰山，为昆明市圆通山公园所在地，云南著名

旅游景点。

[4] 咒蛟徒有台：咒蛟台，在昆明市圆通寺内，今尚存。孙髯中晚年寄寓居住，在其地卖卦卜易为活，更号“咒蛟老人”，以此自终。

采菊吟

繁华古难久，清芬独卓绝；澹澹[1]篱下香，丛丛风前杰。英餐晚霞明，杯泛晓霜洁；所以栗里[2]人，持醪[3]不暂歇。自然意有真，岂惟心忘热；今我怀乡园，花时忆未别。荒径携秋风，筠篮[4]把明月；此地秋何早，名园人竞说。抬头虽可赊，残枝有弗屑；遥遥千载心，高风一靖节[5]。

题解

本诗选自刘大绅辑《五华诗存续》卷一，刊刻时间当为嘉庆二十四年（1819），云南省图书馆馆藏善本。

该诗情思泉涌，如景似画，秋韵宜人。陶渊明品高而爱菊，咏菊者竞相比附。

注释

[1] 澹澹：恬静的样子。

[2] 栗里：地名。在今江西省九江市西南，庐山温泉北面一里许，是晋代大诗人陶渊明的故乡。栗里坐落于山南虎爪崖下，是一个山环水绕、景色秀丽的山村。村前小溪蜿蜒，西侧有一石桥，这便是陶渊明归田后荷锄来往经过的“清风桥”（又名“柴桑桥”）。过“清风桥”，可见绿柳拂溪，小桥流水，令人如入“榆柳荫后檐，桃李罗堂前”的诗境。

[3] 醪：汁滓混合的酒，即浊酒，今称甜酒或醪糟。

[4] 筠篮：竹篮。

[5] 靖节：即陶渊明，名潜，字元亮，私谥靖节，世称靖节先生，东晋著名诗人。

寄庵先生赐手书扇

得意书蕺山[1]，琳琅[2]足不朽。矢此奉扬心，春风坐已久。珍重勤把持，敢随翻覆手[3]。

题解

本诗选自刘大绅辑《五华诗存续》卷一，刊刻时间当为嘉庆二十四年（1819），云南省图书馆馆藏善本。

该诗简明晓畅，诗意传神，欢喜之情，溢于言表。

注释

[1] 蕺山：浙江省绍兴市的主要历史名山，绍兴古城内三座主要小山之一。

[2] 琳琅：精美的玉石，借指美好的事物。

[3] 覆手：意思是把手掌向下一翻，比喻事情容易办成。

寄庵先生中秋赐木瓜[1]

昔年甘棠[2]阴，换来木瓜树。佳产谢东国，旧披主人赋。团圆同月颁，感深琼琚[3]句。

题解

本诗选自刘大绅辑《五华诗存续》卷一，刊刻时间当为嘉庆二十四年（1819），云南省图书馆馆藏善本。

该诗情韵悠悠，“团圆同月颁，感深琼琚句”引发无限美好的联想，表达了诗人与友人的珍贵情谊。《诗经·木瓜》有云“投我以木瓜，报之以琼琚。匪报也，永以为好也”。

注释

[1] 木瓜：蔷薇科木瓜属灌木。小枝无刺，幼时有柔毛；叶为椭圆形，有锯齿；花瓣为淡粉红色，雄蕊居多；果为长椭圆形，暗黄色，木质，有芳香味，果柄短。

[2] 甘棠：即棠梨，是蔷薇科梨属的落叶乔木。甘棠花水红色，果实扁圆而小，累累枝头，味酸甜，故名甘棠。

[3] 琼琚：精美的玉佩，喻指还报的厚礼。

问讯太华寺[1]鹤[2]

有客太华来，仙禽[3]询久契。山空夜月时，会否一嘹唳[4]。怅望予怀渺[5]，海天正无际。

题解

本诗选自刘大绅辑《五华诗存续》卷一，刊刻时间当为嘉庆二十四年（1819），云南省图书馆馆藏善本。

该诗托物言志，诗里有诗，意味无穷。

注释

[1] 太华寺：太华寺又称佛严寺，位于太华山上，居森林茂盛的西山群峰之中。始建于元大德十年（1306），为梁王甘麻剌创建。云南禅宗的开山第一祖玄鉴（又名无照）常在此讲经说法。后改称为太华寺，被明黔国公沐英奉为家庙。明末被毁，清康熙二十六年（1687），总督范承勋重建。

[2] 鹤：鹤为长寿仙禽，具有仙风道骨，据说，鹤寿无量，与龟一样被视为长寿之王，后世常以“鹤寿”“鹤龄”“鹤算”作为祝寿之词。鹤常为仙人所骑，老寿星也常以驾鹤翔云的形象出现。

[3] 仙禽：仙人对禽鸟（特指鹤）的称呼。

[4] 嘹唳：形容声音凄厉响亮。

[5] 怀渺：怀想辽阔。

龙泉观[1]梅花

老梅俯龙湫[2]，如龙蟠[3]不起。嫩梅夭且矫，相依犹龙子[4]。千年神物嘘气通，老梅嫩梅齐开矣。一开一度春风多，阵阵幽香拂潭水。老龙惊飞众龙随，珠光无数落花里。花时昔日都遍游，寒芳曾许到今视。清清诗梦不离花，吟花何必醉花底。仙人宫阙高复深，漫歌瓶铜合帐纸[5]。梅放诗豪两清奇[6]，几人热肠赋冷叶。

题解

本诗选自刘大绅辑《五华诗存续》卷一，刊刻时间当为嘉庆二十四年（1819），云南省图书馆馆藏善本。

该诗从咏梅花入手，归结到人事，“梅放诗豪两清奇”一句，悄然透出其真意所在。

注释

[1] 龙泉观：在云南昆明城北十二公里龙泉山麓，是由下观黑龙宫和上观龙泉观组成的一片道教古建筑群落。清朝云贵总督阮元根据《汉书·地理志》“益州有黑水祠”的记载，认定后来的龙泉观便是古代黑水神祠所在地，龙泉观因此又有“滇中第一古祠”的美誉。

[2] 龙湫：龙井的别名；上有悬瀑下有深潭谓之龙湫。

[3] 龙蟠：意为屈曲，环绕，盘伏。

[4] 龙子：即龙的孩子，然而龙子并不都像龙那种形态。事实上，神话传说中真正龙形的龙子（如《西游记》中龙三太子等）

远不如变异龙子出名。

[5] 帐纸：又称纸帐，是一种用藤皮茧纸缝制成的帐子，以稀布为顶，取其透气。帐上常绘有梅花，情致清雅。

[6] 清奇：清新奇妙的境界。

观松花坝[1]思咸阳王[2]

南云阵阵松花香，南人到处歌咸阳。忠惠王为赛典赤，后媲黔宁[3]前武乡[4]。镇滇宗王脱忽鲁，帝曰平章女其辅。是在至元十一年[5]，边疆由此获霖雨。霖雨洒润千万塍，初置学田文教兴。巍峨圣朝购经史，人材作育于今称。宽仁曾服罗槃甸，只是攻心用心战。交趾[6]请臣诸夷归，文德武功耀星电。贤王况复忧农田，名在丹青功在滇。蒿目平原尽赤土，汪汪心海流甘泉。为民故与水争利，筑凿疏濬[7]相其地。宝象马料同海源，遥望银棱水成四。盘龙江绕松花山，金棱一河开更艰。百里石堤引灌溉，闸开江水声潺潺。坝成旧在此山下，肇锡何事他山借。昔人覩[8]洛怀禹[9]功，我思此功亦无亚。松花坝上水常清，松花山上松常荣。山头庙祀[10]历今古，六河流水流颂声。

题解

本诗选自刘大绅辑《五华诗存续》卷一，刊刻时间当为嘉庆二十四年（1819），云南省图书馆馆藏善本。

该诗对咸阳王事迹热情讴歌，议论豪放，语调铿锵，“山头庙祀历今古，六河流水流颂声”是对咸阳王最好的评价。

注释

[1] 松花坝：松花坝是元代在昆明东北滇池上源盘龙江上修建的水利工程，又名松花闸，具有灌溉、城市供水和防洪等多种功能。

[2] 咸阳王：即元代著名回族政治家赛典赤·赡思丁。赛典赤任云南平章政事六年，对开发云南做出了重大贡献，受到当地各族人民的尊敬。后来病故于昆明，元朝封他为“咸阳王”，葬于昆明松花坝，市郊有他的衣冠墓。

[3] 黔宁：即沐英，濠州（今安徽省滁州市凤阳县）定远人，明朝开国功臣，军事将领。洪武十四年（1381），与傅友德、蓝玉率兵三十万征云南。云南平定后，沐英留滇镇守。洪武二十五年（1392）病逝于云南任所，年仅四十八岁。朱元璋倍感痛惜，命归葬京师，追封黔宁王，赐谥“昭靖”。

[4] 武乡：即朱佶焞，直隶应天府（今江苏省南京市）人，明朝永乐二十二年（1424），受封为武乡王。

[5] 至元十一年：1274 年。是年，元以赛典赤·赡思丁为平章政事，行省云南。

[6] 交趾：中国古代地名，位于今越南北部红河流域 。

[7] 濬：同“浚”，深挖；疏通。

[8] 覩：同“睹”，见；看到。

[9] 禹：古人名。传说是夏朝第一个王，鲧之子。因治水有功，舜让位给他。他死后，子启即位，开始了世袭制度。

[10] 庙祀：立庙奉祀。

遇二忠墓

谁负刚肠坚似铁，谁抱贞心白如雪。坚白[1]从来不磷淄[2]，何妨一朝试磨涅[3]。君不见滇土平平滇水深，荒丘何代埋全节。千载埋骨不埋名，赫赫忠精并相列。忠文忠节祎与云[4]，王吴二公数人杰。洪武[5]五年八年间，星使南来气不折。梁王[6]亦是元忠臣，知不可为义难绝。况兼蒙古君命频，天使民间匿已泄。翰林曾抗脱脱威，竟悲大儒失东浙。参政复撄知院锋，肯把诏书一行谲。二公先后扶天纲，慷慨从容若一辙。廉耻事重生死轻，节义文章两颃颉。庭凑不杀韩昌黎[7]，真乡已陷李希烈[8]。忠魂有侣魂不孤，孤忠并洒一腔血。异哉天壤忠义人，生既同心死同穴。拜公之墓如见公，墓中应有赤心结。古柏苍苍趁夕阳，几回披蔓读残碣[9]。

题解

本诗选自刘大绅辑《五华诗存续》卷一，刊刻时间当为嘉庆二十四年（1819），云南省图书馆馆藏善本。

该诗记述王祎和吴云的忠精节义，“几回披蔓读残碣”是最真的历史记忆。

注释

[1] 坚白：形容志节坚贞，不可动摇。

[2] 磷淄：比喻受外界条件的影响而起变化。

[3] 磨涅：磨砺熏染，比喻经受考验。

[4] 忠文忠节祎与云：洪武中，尚书吴云继王祎死事，后王祎谥忠文，岁祀之，而不提及吴云。诏以为请，乃谥吴云忠节，与王祎并祀。

[5] 洪武：是年号名，共使用三次，历史上主要指明朝开国皇帝朱元璋年号。

[6] 梁王：此指把匝剌瓦尔密。

[7] 韩昌黎：即韩愈，字退之，河南河阳（今河南省孟州市）人，一说怀州修武（今河南省焦作市修武县）人，自称“郡望昌黎”，世称“韩昌黎”“昌黎先生”。

[8] 李希烈：燕州辽西县（今北京市顺义区）人。唐朝藩镇将领，淮西节度使李忠臣族侄。

[9] 碣：耸立的高石；圆顶的石碑。

吊建水[1]马氏两世[2]忠烈

将种[3]多家风，忠臣自天性。丈夫烈烈忠孝身，何必躬膺虎符佩相印。马家父子俱偏裨，贼人两处知名姓。父曰立成子文雄，王事捐躯后先映。当年师出黔楚中，斩馘[4]抢营功何迅。陷贼被焚刘家沟，冲天黑云压贼阵。澧社江[5]外欃枪[6]横，勇士挥戈累冒刃[7]。水卜竜前虽粉身，肝如铁石心如镜。父没裹絮成灰飞，子死遗衣带血认。悲父已教子心伤，有子从知父心称。是父是子真人臣，恤忠钜典[8]叨再荫。焕山惨澹秋江寒，鬼雄夜夜阴风劲。

题解

本诗选自刘大绅辑《五华诗存续》卷一，刊刻时间当为嘉庆二十四年（1819），云南省图书馆馆藏善本。《滇诗嗣音集》卷十八也加以收录。

该诗记述马立成马文雄父子忠烈，“焕山惨澹秋江寒”是对马氏父子最好的怀吊。

注释

[1] 建水：今云南省红河哈尼族彝族自治州建水县。古称步头，亦名巴甸。唐南诏时筑惠历城，汉语译为“建水”，隶属于通海都督府。宋大理国时期属秀山郡阿白部。元时设建水州，明代称临安府。清乾隆年间改建水州为建水县。

[2] 马氏两世：指马立成马文雄父子。

[3] 将种：将门的后代。

[4] 馘：古代战时割取所杀敌人的左耳，用以计功。

[5] 澧社江：即元江。

[6] 欃枪：彗星的别名；喻指叛乱、动乱；喻邪恶势力。

[7] 冒刃：迎着刀锋，形容勇敢无畏。

[8] 钜典：朝廷大法。

母亲生日恭纪

六月中旬风雨亟，游子思亲未有极；此日何月兼何年，一喜一惧情难默。私心拜祝如南山，那堪两度违颜色；儿来母发犹未斑，念儿会否发常黑。千里归梦片纸书，累将平安慰堂北；壮岁未了高堂[1]忧，忍致加餐复相忆。慈命为勖儿曹来，汝辈勤修吾甘食；圣贤事业男子志，老身康健儿努力。五旬有八阿母年，两弟称觞[2]欢应得；吾父若存七旬矣，三十儿心增恻恻[3]。欲学晦翁[4]寿母诗，久慕前贤养以德；晨起衣冠西南望，五华山[5]同岵屺[6]陟。

题解

本诗选自刘大绅辑《五华诗存续》卷一，刊刻时间当为嘉庆二十四年（1819），云南省图书馆馆藏善本。

该诗恭纪母亲生日，悠悠母子情，最深思念心。

注释

[1] 高堂：指房屋的正室厅堂；此指称谓，对父母的敬称。

[2] 称觞：举杯祝酒。

[3] 恻恻：悲痛、凄凉。

[4] 晦翁：朱熹，小名沋郎，小字季延，字元晦，一字仲晦，号晦庵，晚称晦翁，又称紫阳先生、考亭先生、沧州病叟、云谷老人、沧洲病叟、逆翁。谥文，又称朱文公。祖籍南宋江南东路徽州府婺源县（今江西省上饶市婺源县），出生于南剑州尤溪（今

福建省三明市）。南宋著名的理学家、思想家、哲学家、教育家、诗人，闽学派的代表人物，世称朱子，是孔子、孟子以来最杰出的儒学大师。

[5] 五华山：五华山为云南昆明主山蛇山余脉。蛇山从昆明东北方向南下，九起九伏，至螺峰山顿开玉屏，再前则脉分五支，吐出五华秀气，因称“五华”，自古为一方之胜。

[6] 岵屺：岵：有草木的山。屺：无草木的山。行役者思念父母之作，后代指父母。

和寄庵[1]师云州[2]杨氏三世节孝[3]

莹莹[4]岁暮积阴[5]雪，森森松柏炼成铁。老干婆娑穷且坚，新枝峻峋挺奇节。吾乡节孝兴一门，三世冰心并卓绝。杨家太母吕姓人，早伤鸾离与鹄别。继起李氏儿妇佳，两心皎然一轮月。孙妇徐本高士裔，凌霜劲质更相轶。节以传节遭何奇，孝以承孝理堪说。姑姑妇妇天地间，先后清操乃一辙。湛恩滂沛[6]天上来，幽微一朝免呜咽。旌表[7]虽只徐一身，吕李从兹愈难没。犹忆树坊磨崖时，此笔分明已书碣。况邀当代巨公题，国典公评日星彻。君不见，澜沧江中水，终古流不竭。雪山顶上雪，经年白不涅[8]。三世节孝千载心，何处江山可磨灭。

题解

本诗选自刘大绅辑《五华诗存续》卷一，刊刻时间当为嘉庆二十四年（1819），云南省图书馆馆藏善本。光绪《续修顺宁府志》卷三十三艺文志二也加以收录。

该诗虽是和诗，却有真思实想，独具匠心，别有气势。

注释

[1] 寄庵：姓刘，名大绅，字寄庵，宁州（今云南省玉溪市华宁县）人，乾隆壬辰（1772）进士，官山东武定府同知。告养归云南，主讲五华书院。著有《寄庵文钞》和《寄庵诗钞》。

[2] 云州：今云县。明万历二十六年（1598）由大侯州改名而来。

[3] 杨氏三世节孝：清雍正元年（1723），勐麻土司俸天和，

聘请顺宁儒生杨樗到勐麻任教。传说杨樗教学有方，俸天和很是赏识，年终给其俸禄时，杨樗辞谢不收，唯提出要一席之地安居乐业。俸天和便将现今大朝山西镇菖蒲塘村给了他，杨樗在此定居，深得村民的尊敬。其子杨续祖蒙受其父教导，加之自己聪敏好学，在同辈人中极受赞赏。但杨续祖在风华正茂之年便不幸早逝。其妻吕氏忠贞不移，含辛茹苦地将儿子杨汝玫抚养长大。杨汝玫在其母吕氏的辛勤教育下，性格温和、为人善良、能文善武，曾为当地村民办了许多好事，但于二十五岁时去世。其妻李氏效其婆婆终不移志，历尽千辛万苦把儿子杨彩之抚育成人。后来杨彩之考取监生，人称新爷。杨新爷才华横溢，却不幸于壮年病逝。其妻徐氏挥泪葬夫，担起哺育儿女赡养老母的重担。杨氏门中祖孙三代均英年早逝，杨彩之之子杨占春长大后，把自家三世节孝之事上奏朝廷。嘉庆十七年（1812）皇帝颁旨旌表杨家徐氏，并恩准树立“三世节孝牌坊”以表扬杨氏门中的功德。

[4] 莹莹：形容物体明亮光洁的样子。

[5] 积阴：指酷寒之气，谓阴气聚集；谓积阴德。

[6] 滂沛：指水流广大众多貌，喻指恩泽广大。

[7] 旌表：表彰，后多指官府为忠孝节义的人立牌坊赐匾额，以示表彰，指官府颁赐用以表彰的牌坊或匾额。

[8] 涅：矿物名，古代用作黑色染料；染黑。

留缅书（拟彩云百咏）

君不见，叶榆[1]阿南[2]殉所天，星回一节光我滇。又不见，邓赕[3]慈善[4]铁钏事，城称德源旌尔贤。梁王郡主[5]更伤惘，为段平章死甚枉。青天明月愁愤声，吐噜[6]一歌谁嗣响。有明大侯[7]俸禄妻[8]，缅书留处惨复凄。不得于父从夫耳，今古节烈名争齐。吁嗟！猛雍难为父，孤雏那堪后妻蛊。牝鸡一鸣儿女悲，忍教尽人是夫主。适逢他日氏归宁，虎狼肆虐如雷霆。夫家破败闻夫掠，南望挥泪关山青。矢[9]死楼居独衣素，不负夫子黄泉路。父兮生我违我心，我心匪[10]石只我误。深闺佩刀时自防，肯使清白污暴强！毒饵能杀不能逼，心同皎日魂犹香。痛夫不见遗一纸，淋漓血噀[11]为夫死。积恨应压交凤山[12]，含悲久咽两河[13]水。于乎！氏行可旌心可哀，抚军作赞辉三台（原注：巡抚王启遣官，祭奠且为之赞）。幽光赫奕弗磨灭，猛雍俸诰安在哉！千秋所惜字书缅，当年未经译者阐。宜续梁宫阿盖诗，不然增滇志一卷。

题解

本诗选自刘大绅辑《五华诗存续》卷一，刊刻时间当为嘉庆二十四年（1819），云南省图书馆馆藏善本。光绪《续修顺宁府志》卷三十三艺文志二也加以收录。

该诗对俸禄妻的不幸遭遇深表同情，对俸禄妻的淑媛节烈深表赞扬，发出的“宜续梁宫阿盖诗，不然增滇志一卷”感慨掷地有声，是对俸禄妻最高的赞美。

注释

[1] 叶榆：古代西南民族，为汉代西南夷的一支。

[2] 阿南：恐系阿娜之误。汉朝元封年间，叶榆有妇名阿娜者，为酋长曼阿南之妻。夫为汉将郭世忠所杀，欲强娶阿娜，阿娜佯许之，但要求祭奠亡夫，并须当众焚毁亡夫血衣，另换新衣，世忠允之。至时，阿娜身藏利刃，俟火炽，焚其夫血衣，即引刀自刎，跳入火中而死。时在六月二十五日。国人哀之，于每年六月二十五日，燃炬哀悼，名星回节。一说汉有彝妇阿南，其夫为人所杀，欲图阿南。阿南于是日骂贼，赴火死。国人作此会，慰芳魂为不死也。

[3] 邓赕：其地在今洱源县南部的原邓川县之地和今大理喜州一带。

[4] 慈善：邓赕诏咩罗皮妻。唐时，蒙舍诏（即南诏）皮罗阁势渐强，欲统一六诏，于星回节，诡称祭祖，诱各诏赴松明楼会祭宴饮，皆醉。皮罗阁纵火焚楼，各诏被烧死。家属收尸，尸体烧焦模糊莫辨。独邓赕诏咩罗皮之妻名慈善，美而慧，料知皮罗阁必无好意，劝夫勿往，邓赕不听，慈善预以铁钏系夫臂，故得认尸归葬。皮罗阁欲强娶慈善，发兵围之，慈善闭城固守，后城中食尽，慈善自杀。皮罗阁又假意旌奖慈善，追封为宁北妃，并旌其城为德源城。

[5] 梁王郡主：元末，四川明玉珍红巾军攻云南，梁王把匝剌瓦尔密逃奔楚雄。大理总管段功出兵助梁王，击退红巾军。梁王向元顺帝奏请升段功为云南平章政事，并以女阿盖妻之。后梁王疑段功有夺位之意，暗与阿盖谋，欲令阿盖以孔雀胆毒死段功。阿盖不忍，密告段功，并劝段功速返大理以避祸。段功不听。七月中元，梁王约段功赴东寺讲经，途经通济桥，指使番将杀死段功。

阿盖悲愤，绝食死。

[6] 吐噜：蒙古语，意译为糊涂。阿盖哀悼段功，哀歌中有“吐噜吐噜段阿奴”句。

[7] 大侯：治今云县。《明史》卷三一四：“大侯蛮名孟佑，百夷所居。元中统初内附，属麓川路。”按：元天历始改属大理路。

[8] 俸禄妻：顺宁土司勐雍女，通彝书，有容色。嘉靖二年（1523），适大侯土舍俸禄。未几，父被后妻诱惑，欲使改嫁土舍俸诰。会氏归顺宁，俸诰以木邦兵攻大侯，掠其夫。氏素衣独居一楼。父讽其服饰之陋。女曰：“夫存亡未可知，欲与俱死，何必改服乎？”父约俸诰欲逼之，女佩刀自防。数月后，父乃饵以毒。氏恨不见夫，留缅书一纸，喷血而死。云南巡抚王启赞曰：“牝鸡悍，儿女怨。猛虎乱，夫家散，吁嗟何日见夫面？君不见，祭（原作蔡）家姬，雍家先血溅；又不见，刘家母，王家翻受禅。吁嗟女兮！岂不欲效双飞燕？破镜难成纸一片。缅书流血噀黄泉，黄泉路上见夫面。”

[9] 矢：通“誓”。

[10] 匪：通“非”。

[11] 噀：喷。

[12] 交凤山：在原顺宁府治东五里，因形如双凤，故名。

[13] 两河：指顺宁河和孟佑河。两河在云州汇流，东流百里许入澜沧江。

漉血[1]战（拟彩云百咏）

有明之季天纲紊，鸱张狼顾[2]悉争奋。草泽突起纷若蜂，狐鼠猖獗扰边郡。枯柯[3]一枝据鸺鹠[4]，呼风啸雨声啁啾[5]。劲翮[6]翩翻疾难禁，砺嘴磨吻吞大侯[7]。大侯金汤亦不恶，城自刺史刘秉钥[8]。万历三十一年[9]间，迁地经营筑与凿。陡然四面惊贼旂[10]，丑虏跳梁初合围。望断援军裂目眥[11]，澜沧未见神舟飞。谁与守者少颜色，齐民乌知报邦国。铮铮黎姓名雍熙，慷慨灭此方朝食。婴城愤欲扫妖氛，睢阳复见雷将军[12]，奋臂一呼贼披靡，男子何惭南霁云[13]，感激生平抱忠义，血洒疆场动天地。天地黯淡神鬼愁，死耳千秋有姓字。今我为公酹[14]浊醪，吊古情深思二曹。（知州曹巽之[15]，吏目曹世昌以守城功获升）有黄文达[16]战同殁，英声凛凛英风高。

吁嗟乎！金瓢汲水玉浆美（城形如瓢，城南为玉池泛月[17]，故志称“金瓢玉浆”），力非夫人莫保此。金瓢不破躯可捐，玉池常盈万年水。卓哉忠烈经品题，精魂毅魄山云凄。公我州人壮州色，志士名高天马低（州城主天马山）。

题解

本诗选自刘大绅辑《五华诗存续》卷一，刊刻时间当为嘉庆二十四年（1819），云南省图书馆馆藏善本。光绪《续修顺宁府志》卷三十三艺文志二也加以收录。

该诗以诗记史，诗史合一，挥写了“感激生平抱忠义”和“志士名高天马低”的激昂。

注释

[1] 漉血：血流渗到地下，比喻战争激烈。

[2] 鸱张狼顾：鸱，亦称鸢，俗名鹞鹰，一种猛禽；狼，动物名，性疑，走常还顾。鸱张其翼而狼顾视，比喻阴贼险狠。

[3] 枯柯：地名，今云南省保山市昌宁县柯街。

[4] 鸺鹠：猫头鹰的别名，世俗认为是不祥的鸷鸟，此处暗喻叛乱土司蒋朝臣。

[5] 啁啾：鸟鸣声。

[6] 翮：羽毛。

[7] 大侯：治今云县。《明史》卷三一四：“大侯蛮名孟佑，百夷所居。元中统初内附，属麓川路。”按：元天历始改属大理路。

[8] 刘秉钥：云州改土归流后第二任知州，万历三十年（1602）到任。万历三十一年（1603），秉钥将州治由大侯旧寨迁至新城，建筑城垣，金汤永固，兴废举坠，民夷自安。

[9] 万历三十一年：公元 1603 年。

[10] 旂：古代的一种旗子。

[11] 眥：眼眶。

[12] 雷将军：即雷万春。唐肃宗至德二年（757）安禄山叛军所部围睢阳，雷万春助张巡死守，在城楼督战，身中数箭，镇定不动，后城陷被杀。

[13] 南霁云：张巡部将，叛军围睢阳曾奉命突围，求救于贺兰进明。后城陷，与张巡同时被杀。

[14] 酹：洒酒于地表示祭奠。

[15] 曹巽之：湖广人，明末知云州。蒋朝臣叛时，固守云州，

功擢顺宁知府。

[16]黄文达：云州人。蒋朝臣叛围云州时，兵民退守，莫撄其锋。文达义起击敌，力竭阵亡。

[17]玉池泛月：旧时云州八景之一，距新城一里。清雍正时知州吴元鳌诗云：百亩城南一鉴开，瑶池深处映楼台；冰壶皎洁春秋净，灯火光芒夜月来。天外浮槎动星宿，人间击楫试风雷；须臾历遍桃花浪，玉液琼浆待举杯。

神舟渡[1]

明季，官兵援云州，始从此渡。贼惊为神兵天降，悉解去，因得名。

王师昔日渡江水，冯夷[2]震惊天吴[3]起。鼋鼍[4]难驾蛟[5]龙愁，风涛怒骇泣神鬼。直流如线舟如梭，飞将军已凌空过。天降神兵贼围释，澜沧一带无鲸波[6]。

题解

本诗选自刘大绅辑《五华诗存续》卷一，刊刻时间当为嘉庆二十四年（1819），云南省图书馆馆藏善本。光绪《续修顺宁府志》卷三十三艺文志二也加以收录。

该诗题为神舟渡，却不写自然风光，只写史事感受，“天降神兵贼围释，澜沧一带无鲸波”，感慨良多。

注释

[1] 神舟渡：距云州（今云南省临沧市云县）一百二十里，通蒙化（今巍山），为澜沧江古渡口。清顺治六年（1649）蒋朝臣叛围云州，据神舟渡以断官兵援路。告急者潜于此结筏夜渡，隔日援兵至。叛军以为神兵天降，败兵而退。

[2] 冯夷：一般指传统神话中的黄河之神，即河伯；泛指水神。

[3] 天吴：中国古代神话中的水神。

[4] 鼋鼍：中国神话传说中是指巨鳖和扬子鳄（俗称猪婆龙）。

[5] 蛟：中国古代神话中的龙类。蛟是古代中国传说中能发水的广义龙类，有时称蛟龙，但并非龙，蛟栖息在湖渊等聚水处，也会悄悄地隐居在离民家很远的池塘或河流的水底。

[6] 鲸波：犹惊涛骇浪。

永镇关

州城南五十里，最称险隘。通志形势云：神舟渡天堑之雄。永镇关地轴之险。

雄关险隘凭山峪，山深林翳猩猿啼。瘴雨狼烟久消歇，虎牙宁容狐鼠[1]窥。诸夷出入咽喉上，永镇西南已扼吭。行人惟听歌太平，大侯[2]千秋此保障。

题解

本诗选自刘大绅辑《五华诗存续》卷一，刊刻时间当为嘉庆二十四年（1819），云南省图书馆馆藏善本。

该诗写永镇关形势雄峻，写出了“咽喉”“保障”之意。

注释

[1] 狐鼠：城狐社鼠，比喻小人、坏人。

[2] 大侯：治今云县。明永乐元年（1403）置大侯长官司，宣德三年（1428）升为大侯御夷州，万历二十六年（1598）改土归流，称云州。按：一说大侯长官司置于洪武二十四年（1391）。

鸡血膏谣

吁嗟乎！鸡血藤[1]，尔血即民血，尔膏即民膏。绕树悬岩踔猿猱，蟠郁毒雾熊罴嗥。利刀斫倒虬[2]龙碎，淋漓骨肉同煎熬。云州僻乡旧产此，比来征取怜民劳。历险探危命已薄，催督供亿况复相扰骚。一焚尽樵采，一食必豚羔，童若山兮空若牢。人谓天生异藤有赤汁，吾谓辛苦赤汗难汰淘。官家为名吏役饱，谁惜方物轻如毛。君不见，岁时饥寒奔命者，何堪朘剥恣饕餮。恣饕餮，听悲号，虎豹狞狞雁嗷嗷，哀声不达天听高。吁嗟乎！鸡血藤，尔血即民血，尔膏即民膏。

题解

本诗选自刘大绅辑《五华诗存续》卷一，刊刻时间当为嘉庆二十四年（1819），云南省图书馆馆藏善本。光绪《续修顺宁府志》卷三十三艺文志二也加以收录。

该诗有血有泪，描述了云州百姓的悲惨生活，颇有关心民瘼、揭露和批判政治弊端之意。全诗充满了对“岁时饥寒奔命者”的深深同情和对当时世道“哀声不达天听高”的唾弃。“尔血即民血，尔膏即民膏”掷地有声，对当时的政治黑暗进行了无情的揭露和批判。

注释

[1] 鸡血藤：光绪《续修顺宁府志》载：鸡血藤：枝干年久者周围阔四五寸，小者亦二三寸，叶类桂叶而大，缠附树间。伐其

枝津液滴出，入水煮之色微红，佐以红花、当归、糯米熬膏，为血分之圣药，滇南唯顺宁有之。

[2] 虬：古代传说中的一种龙。

修月匠歌

人生安得浴日咸池[1]中，捧来高挂扶桑[2]红。不然探月碧天杪[3]，拂拭[4]云翳[5]辉青铜。遂令修月八万三千户，仙人七宝[6]都无功。仙人昔日在何许？明月终古明长空。玉兔银蟾[7]递明晦，吴刚[8]一谪谁始终。乃知神仙不修月，蓬莱[9]千岁夫何庸。一枕嵩高海天白，开展幞物[10]挥罡风[11]。银九合成绝雕凿，凭虚手段悬瞳胧[12]。魄明哉生数朔望[13]，经营次第加磨礲[14]。君不见清虚府[15]、广寒宫[16]，其间意匠非人宗。又不见补天手、抱月胸，一朝调燮歌轮重。自来荒渺多喻寓，请看人工代天工。

题解

本诗选自刘大绅辑《五华诗存续》卷一，刊刻时间当为嘉庆二十四年（1819），云南省图书馆馆藏善本。

该诗以神话入笔，亦见巧心，“自来荒渺多喻寓，请看人工代天工”引无限遐想。

注释

[1] 咸池：中国古代神话中日浴之处。

[2] 扶桑：神话中的树木名。

[3] 天杪：意思是犹天际。

[4] 拂拭：吹拂，掠过。

[5] 翳：遮掩。

[6] 七宝：指水银、黄金、玉、水晶、朱砂、球璨、珊瑚等七种宝物。

[7] 银蟾：即月亮，在中国神话中月宫有一只三条腿的蟾蜍，而后人也把月宫叫蟾宫。

[8] 吴刚：是中国古代神话中居住在月亮上的仙人，他被天帝惩罚在月宫伐桂树。

[9] 蓬莱：是中国先秦神话传说中东海外的仙岛，被一片黑色的冥海所包围。

[10] 幞物：包裹，包袱。

[11] 罡风：道家谓高空之风，后亦泛指劲风。

[12] 朣胧：月初出貌，微明貌。

[13] 朔望：朔日和望日，旧历每月初一日和十五日。亦指每逢朔望朝谒之礼。

[14] 磨礲：亦作“磨砻”，指磨石。

[15] 清虚府：指月宫。

[16] 广寒宫：古代中国神话传说中位于月亮上的宫殿。后人将嫦娥奔月后所居住的屋舍命名为广寒宫。

鸣琴有感

华岭夜沉沉[1]，幽怀[2]漫抚琴；三冬游子梦，一曲望云心[3]。秋去诗无力，愁多酒莫任；只应七弦[4]外，澹澹[5]托知音。

题解

本诗选自刘大绅辑《五华诗存续》卷一，刊刻时间当为嘉庆二十四年（1819），云南省图书馆馆藏善本。

该诗抚琴幽怀，心情如云，一片知音寻觅之心。

注释

[1] 沉沉：形容寂静无声或悠远隐约。

[2] 幽怀：隐藏在内心的情感。

[3] 云心：指高空，是古代神话中的仙境；也形容闲散如云的心情。

[4] 七弦：古琴的七根弦；亦借指七弦琴。

[5] 澹澹：水波微微荡漾的样子。

妙应寺[1]古梅

遇逢梅放处，古致绝风尘[2]；颠仆[3]原非性，撑支岂借人。山空前度雪，庭老百年春；倚槛[4]寻孤赏，萧疏[5]已入神。

题解

本诗选自刘大绅辑《五华诗存续》卷一，刊刻时间当为嘉庆二十四年（1819），云南省图书馆馆藏善本。

该诗因心事生感，借古梅咏怀，别有一种意味。

注释

[1] 妙应寺：待考。

[2] 风尘：比喻旅途的艰辛劳累；也比喻纷乱的社会或漂泊江湖的境况。

[3] 颠仆：挫折困顿。

[4] 倚槛：指栏杆，犹倚栏。

[5] 萧疏：寂寞，凄凉，萧条。

访罗景山[1]同观梅花弹琴有作

东风一阵拂雕栏[2]，步入园亭兴未阑[3]；贫友不嫌终日对，好花多在夕阳看。香如淡淡交情永，座喜萧萧[4]位置宽；人为清高梅始约，肯将蕉雨[5]听谁弹。

径转林深乐有余，十年知己寄琴书[6]；每因怯酒心先醉，不数挥弦指亦疏。石畔无声清似此，篱边有梦趣何如；宫商调[7]古临风奏，拟待梅花月上初。

题解

本诗选自刘大绅辑《五华诗存续》卷一，刊刻时间当为嘉庆二十四年（1819），云南省图书馆馆藏善本。

该诗情韵悠扬，观梅抚琴，自成佳话。

注释

[1] 罗景山：名万福，贵州广顺人。工画，善抚琴，尤精于易蓍多奇中，著有《知音便览》及《天星月会地舆诸图》。在云南的二十年时间里，始终清苦简朴，嘉庆丁丑年（1817）去世。刘大绅重其为人，曾以诗哀之。

[2] 雕栏：雕花彩饰的栏杆。

[3] 兴未阑：正在兴头上还没有尽兴的意思。

[4] 萧萧：指马鸣声、风声、草木摇落声等。

[5] 蕉雨：芭蕉叶子很大而空，承接雨点时会有声响，因雨点的快慢疏密而发出不同的声响。

[6] 琴书：是一种中国民间艺术。曲艺中的琴书，因演唱时用

扬琴为主要伴奏乐器而得名。

[7] 宫商调：是五声音阶中的一种，由六个音符组成。在中国古代音乐中，宫商调被广泛使用，被认为是最具有中国特色的音阶之一，也经常用于传统戏曲、民乐和古琴等演奏中。

和池龠庭[1]重游太华山[2]罗汉壁元韵[3]

诗在华巅旧有名，西风今复泛舟轻；夜深人似天边到，月涌[4]秋从海底生。鹤亦相思松影瘦，山曾不厌客心清；放云轩外探幽处，记得琴音分外明。

嵯峨[5]峭峻瞰滇流，昨日曾经此共游；徒说美人临宝镜，还眸睡佛枕梁州。三方浪矗吞层壁，百里烟空净一楼；避暑何年成往事，萧萧古木满严秋[6]。

题解

本诗选自刘大绅辑《五华诗存续》卷一，刊刻时间当为嘉庆二十四年（1819），云南省图书馆馆藏善本。

该诗原韵属和诗，夜深人静，百里烟空，深秋悠然。

注释

[1] 池龠庭：名生春，字龠庭，一字剑芝，云南楚雄人。五华五子之一，嘉庆己卯（1819）举人，道光癸未（1823）进士。改翰林院庶吉士，散馆授编修。历官会试同考官，陕西乡试正考官。升南书房行走，督学广西，擢国子监司业。殁，祀广西名宦。著有《入秦日记》《直庐记》，门人彭昱编《池司业遗集》。

[2] 太华山：又称碧鸡山，今俗称西山，因其山形酷似美人仰卧，又称睡美人山或睡佛山，为昆明市郊著名风景区。

[3] 元韵：原韵。

[4] 月涌：月亮倒映，随水流涌。

[5] 嵯峨：形容山势高峻；亦指坎坷不平。

[6] 严秋：肃杀的秋天。

谢谨堂[1]秋分见梅花属和[2]

庾岭[3]秋高落叶频，秋风何事触花神[4]；想争篱外三更[5]月，特放枝头数点春。露染寒香惊梦鹤，菊分瘦影醉诗人；多情[6]早报寻芳约[7]，不俟驴蹄踏玉尘[8]。

题解

本诗选自刘大绅辑《五华诗存续》卷一，刊刻时间当为嘉庆二十四年（1819），云南省图书馆馆藏善本。

该诗作为和诗和咏梅之作，别有一种见解。世间多少人与事，都在诗中有隐寓。

注释

[1] 谢谨堂：待考。

[2] 属和：意思为跟着别人唱；和别人的诗。

[3] 庾岭：即大庾岭，为五岭之一。因岭上多植梅树，故又名梅岭。

[4] 花神：中国民间信仰的百花之神。

[5] 三更：三更又名子时，古代时间名词。古代一昼夜分十二时辰或一百刻，其中完全属于夜晚的有四十刻，每十刻一段，连同首尾共五个节点，称为五更。把晚上戌初一刻作为一更，亥初三刻作为二更，子时整作为三更，丑正二刻为四更，寅正四刻为五更。三更就是半夜，也就是在当天晚上十一点到第二天凌晨一点。

[6] 多情：指一个人感情丰富，但有原则性，是出于真心的，是重感情的，并且在爱情上很专情。

[7] 寻芳约：寻芳约定。

[8] 玉尘：古代传说中仙家的食物。喻花瓣、小水珠。

晨起积雪五首

窗外

一夜东风急，疏窗[1]不敢开；浮光[2]人未扫，梦已到寒梅。

树杪

庭枝积雪明，愿勿枝间化；映我读残书，时随风叶下。

墙阴

晓看墙阴雪，新晴若未知；天心怜尔洁，一任去迟迟。

庭阶

超超尘与俗，步步云生足；何地不瑶阶[3]，苔痕绿未绿。

瓦沟

昨夜失鸳鸯，飞成鹭羽行；蓬莱[4]多贝阙[5]，我亦欲翱翔[6]。

题解

本诗选自刘大绅辑《五华诗存续》卷一，刊刻时间当为嘉庆二十四年（1819），云南省图书馆馆藏善本。

该诗分别写积雪窗外、树杪、墙阴、庭阶、瓦沟风物，昆明的冬季特征信手拈来，多有寄托之心。

注释

[1] 疏窗：雕有花格的窗子；刻有花纹的窗户。

[2] 浮光：指水面或物体表面反射的光；浮动的日光。

[3] 瑶阶：意思是玉砌的台阶；亦用为石阶的美称。

[4] 蓬莱：亦称蓬莱山、蓬壶、蓬丘，是中国先秦神话传说中东海外的仙岛，被一片黑色的冥海所包围。

[5] 贝阙：用贝壳装饰的宫殿。

[6] 翱翔：本义是鸟回旋飞翔，比喻有志气的人。

寄庵师出画菊花雁来红扇命题

久夸文奂画图工，景色分明出汉宫[1]；露蓝霜华争咫尺，蒲葵[2]一展即秋风。

深深红叶逐时多，一树珊瑚照眼过；倘并菊花头上插，归来错认醉颜酡[3]。

倚杖归来径已荒，清樽落日独神伤；只应木脱[4]山空后，剩有罗含[5]宅裹香。

几寸丹心报雁来，灵根拟自赤城[6]栽；何年移向柴桑里[7]，同泛流霞[8]酒一杯。

多少繁华莫自持，清芬冷艳[9]总相宜；婕妤[10]徒怅秋风起，不道秋风景更奇。

园林岂是傲霜残，醉眼休同琐碎看；彩笔自书花叶后，不夸秦女[11]咏乘鸾[12]。

题解

本诗选自刘大绅辑《五华诗存续》卷一，刊刻时间当为嘉庆二十四年（1819），云南省图书馆馆藏善本。

该诗如画，画景如诗，诗如其人，画亦如其人。

注释

[1] 汉宫：汉朝宫殿，亦借指其他王朝的宫殿。

[2] 蒲葵：棕榈科蒲葵属木本植物。叶片似蒲扇形状，两面均为绿色，叶柄有淡褐色短刺。

[3] 颜酡：指醉后脸泛红晕。

[4] 木脱：指落叶。

[5] 罗含：字君章，号富和，东晋桂阳郡耒阳县（今湖南省衡阳市耒阳市）人，中国山水散文的创作先驱。为避喧闹，曾于荆州城西小洲上建茅屋数椽，伐木为床，编苇作席，布衣蔬食，安然自得。年老辞官归里，比及还家，阶庭忽兰菊丛生，时人以为德行之感。

[6] 赤城：典故名，传说中的仙境。

[7] 桑里：即桑梓，故乡。

[8] 流霞：传说中天上神仙的饮料；泛指美酒。

[9] 冷艳：指耐寒而艳丽的花或人物冷傲而美艳。

[10] 婕妤：是宫中嫔妃的等级称号，由汉武帝设立。初期为皇后以下最高位。自晋代恢复三夫人九嫔制以来，婕妤为二十七世妇中第一等。明代中期以后不存。

[11] 秦女：指秦穆公女弄玉。

[12] 乘鸾：春秋时秦有萧史不知得道年代，貌如二十许人，善吹箫作鸾凤之响，而琼姿炜烁，风神超迈，混迹于世，时莫能知之。秦穆公以弄玉妻之，萧史教弄玉作凤鸣，居十数年，吹箫似凤声，凤凰来止其屋。秦穆公为作凤台，夫妇止其上，不饮不食，不下数年，一旦，弄玉乘凤，萧史乘龙，升天而去。秦为作凤女祠，时闻箫声。

观贡象

老挝国，好蛮子，服天朝，经万里。昔之日，性则豺狼与虎兕[1]，今也奔走趋慕若膻蚁[2]。贡象来，驯无比。漫云马牛羊犬豕[3]，纷纷观者尽欢喜。君不见，象奴乘象直乘船，短钩运用如棹任行止。王道荡荡无风波，水耆[4]陆慄[5]会归悉如此。咄咄况复听人语，抑抑颔额掉其尾。眼细唇尖舌向里，峭然双笋惜牙齿。身则庞然鼻矫然，饮食胜人臂使指。有时俯首类鸣窖[6]，有时屈膝亦长跪。但愿夷人帖耳倾心咸同此。谁复跳梁讥蠢尔，昂昂大脚踏云程，好供阙庭卤簿骖騄駬[7]，我忆雍正七年[8]间，此物南夷入贡始。北从车里[9]趋滇疆，西界缅甸东交趾[10]。如何国更南掌[11]称，方言谓掌为象南为水。地以物名非所奇，稽之即古献雉越裳[12]氏，二千余年未闻自来廷，西林相国[13]一书达天子。我朝柔远跨成周，异域方物时逦迤。西南保障今文端[14]，宁惟交缅肃朝礼。元白[15]竞赋蛮子朝，犹惜未睹盛事如今耳。好语叭竜[16]鲊吗大光，竜归报尔主，天朝皇帝万国为一家，岁岁命汝来充贡象使。

题解

本诗选自民国《云县志》上编。

该诗写贡象栩栩如生，也流露出作者的爱国情怀。

注释

[1] 兕：古代犀牛一类的兽名。状如牛（水牛），苍黑，板角。

[2] 膻蚁：比喻仰慕善德。

[3] 豕：猪。

[4] 詟：丧胆；惧怕。

[5] 慄：同“栗”，因恐惧而发抖。

[6] 鸣窖：野兽以口附地而鸣。传说豹有此性，为鸣窖。

[7] 騄駬：古代骏马名，周穆王八骏之一。

[8] 雍正七年：1729 年。

[9] 车里：土司名。元世祖至元末置军民总管府，明改为军民宣慰使司。治所在今云南省景洪市。

[10] 交趾：中国古代地名，位于今越南北部红河流域。

[11] 南掌：原为泰语对澜沧江（湄公河）的称呼；公元 857 年在今老挝琅勃拉邦建立的国家，约在唐宣宗时，我国史书称之为南掌。

[12] 越裳：古国名，在今越南南部。约在公元前 1106 年，即与西周通好。史书载：越裳氏重译献白雉。

[13] 西林相国：指鄂尔泰，满洲镶蓝旗人，西林觉罗氏。雍正时任云贵总督，曾大力推行改土归流政策，兴修水利，颇多建树。

[14] 文端：指尹继善，满洲镶黄旗人。雍正时，继鄂尔泰任云贵总督，后任文华殿大学士。殁，谥号文端。

[15] 元白：指唐代文人元稹和白居易。两人都工于诗，诗篇传入邻近各国，争相传诵。

[16] 叭竜：傣语音译。旧时云南西双版纳傣族封建领主册封一些被其统治的民族头人的称谓。

题戴云帆[1]岵屺[2]瞻思图

爱儿植若木，伤亲去如水；水逝难再归，木生曷[3]穷已。顾复思瓶罍[4]，瞻依[5]陟岵屺；保兹孺慕[6]心，庶几古孝子。

题解

本诗选自《滇诗嗣音集》卷十八。

该诗直白简明，情真意切，有描写也有评论，可谓知音。

注释

[1] 戴云帆：指戴絅孙（1796—1857），字袭孟，一字凤裁，号云帆(一作筠帆),又号味雪斋主人,云南昆明人,五华五子之一,嘉庆己卯（1819）举人，道光己丑（1829）进士。官浙江道御史。告归,掌教育才书院。著有《味雪斋诗文钞》《金碧山农词》和《昆明县志》等。

[2] 岵屺：岵：多草木的山。屺：没有草木的山。行役者思念父母之作，后代指父母。

[3] 曷：同“盍”，何不。

[4]瓶罍:古代器名,泛指小口大腹的陶瓷容器,用以盛酒和水。

[5] 瞻依：瞻仰依恋。

[6] 孺慕：有爱戴、怀念之义。

留别婴堂诗二首

育婴堂[1]办理未竣，中怀耿耿[2]，不忍言去。书此，贻同志诸君子幸共勉，成此无怀也。

风惟溺女[3]气培元，思活群婴敢惮烦[4]；何事可为民父母，当前都是我儿孙。诸君造福真无量，若辈重生已有门；幸甚众心同集腋[5]，裘成冰窖亦春温。

假如心血可为乳，不惜一腔分众婴；忍使呱呱[6]多失养，方欣幼幼有同情。膏田[7]保赤千塍[8]割，铁券[9]为山一篑[10]筝；寄语八乡[11]真善士，斯言洒泪嘱临行。（原注：八乡捐田千有余亩，惟契未尽立，心甚悬悬。）

题解

本诗选自光绪《奉化县志》卷三，建置下。

此诗情真意切，缅怀奉化县八乡百姓捐田创设育婴堂的事情。如果说“幸甚众心同集腋，裘成冰窖亦春温”表现了诗人的一种人生体验，那“假如心血可为乳，不惜一腔分众婴”则把父母官的仁爱之心跃然纸上，是诗人民本思想的千古绝唱。

注释

[1] 育婴堂：属社会慈善公益事业。奉化育婴堂，自清嘉庆二十一年（1816）始，教谕孙熊、训导许世芳暨士绅严圣佐、王赓盛等倡捐设立。道光元年（1821），知县杨国翰亲赴各乡劝捐，得田七百二十二亩，于是规制略具。

[2] 耿耿：心中挂怀。

[3] 溺女：将刚生下的女婴投入水中淹死。

[4] 惮烦：怕麻烦。

[5] 集腋：比喻聚集零散的财物。

[6] 呱呱：形容小儿哭声。

[7] 膏田：肥沃的田地。

[8] 塍：田间的土埂、小堤；稻田畦。

[9] 铁券：符节的变种，封建帝王颁赐给有功之臣的享有某种特权的信物和凭证。

[10] 蒉：古时盛土的筐子。

[11] 八乡：指奉化县的奉化乡、连山乡、松林乡、忠义乡、金溪乡、长寿乡、禽孝乡和剡源乡。

恩[1]三章

鸡人筹听五更[2]传，阊阖[3]齐开鹭序联；殿耸三霄[4]红日上，臣来万里彩云边。海疆奉职惭无地，金阙[5]承恩喜见天；遭际圣朝多异数，庸庸奚以效埃涓[6]。

宵旰[7]勤劳日正新，万几[8]犹暇接微臣；三农岁月周宸[9]虑，一郡灾荒动俯询。何幸天威偏色霁，总缘邑宰[10]与民亲；雍容奏对叨非分，□□温纶[11]训诲谆。

官箴[12]第一推操守，诚实无欺始济公；旷世王谟三代上，千秋臣职两言中。生平志敢初心负，仕宦时须本色同；佩服煌煌[13]天语在，常将清慎勉愚衷。

题解

本诗选自光绪《玉环厅志》卷十三。

该诗直抒胸臆，忠君思想溢满情怀，爱民之心跃然纸上。

注释

[1] 恩：恩惠。道光八年（1828），杨国翰得道光帝召见，其父母分别被覃恩敕赠（封）为“文林郎”和“孺人”。道光十年（1830），杨国翰再得道光帝召见，其父母分别被制诰晋封为“奉政大夫”和“宜人”。

[2] 五更：古代中国民间把夜晚分成五个时间段，首尾及三个节点用鼓打更报时，所以叫作五更。五更在寅正四刻，也就是在当天早上三点到五点。这个时候，鸡仍在打鸣，而人们也逐渐从睡梦中清醒，开始迎接新的一天。

[3] 阊阖：传说中的天门。《离骚》：“吾令帝阍开关兮，倚阊阖而望予。”张衡《西京赋》：“正紫宫于未央，表峣阙于阊阖。”薛综注：“宫门立阙以为表。峣者，言高远也。”泛指宫门或京都城门，借指京城、宫殿、朝廷等。

[4] 三霄：高空，比喻仕途得意，居高位。

[5] 金阙：指天子所居的宫阙，皇宫前面两边的楼台，中间有道路。

[6] 埃涓：微尘与细流，比喻微小。

[7] 宵旰：意思是天不亮就穿衣起床，天黑了还不休息；指人勤奋。

[8] 万几：几，通“机”，事务。万几：指帝王日常处理的各种纷繁政务。

[9] 宸：北极星所在，因以指帝王的宫殿，又引申为王位、帝王的代称。

[10] 邑宰：县邑之长，即县令。

[11] 温纶：皇帝诏令的敬称。

[12] 官箴：封建社会对于官员的道德规范和行为准则所作的规戒。官箴的形式很多，如有皇帝对大臣的训诫；官府的戒石铭；行署衙门里挂着的戒匾；官员的自箴等。

[13] 煌煌：明亮辉耀貌、光彩夺目貌。

初擢[1]玉环[2]书怀

历尽东西浙海边，宦途时恐积尤愆[3]；本来面目惟安拙，到处苍黎[4]却有缘。十载臣心真似水，九重君德正如天；头衔甫换寻常事，博得慈闱[5]一冁然[6]。

题解

本诗选自光绪《玉环厅志》卷十三。

该诗初擢玉环感怀，联想到一路宦途、与民有缘、臣心似水、君德如天等问题，表达了作者的所思、所想和感恩，可算是父母官。

注释

[1] 擢：选拔，提升。

[2] 玉环：今浙江省玉环市。清雍正六年（1728），设玉环厅为温州分府。

[3] 尤愆：罪咎。

[4] 苍黎：百姓。

[5] 慈闱：旧时母亲的代称。

[6] 冁然：大笑貌。

散文

《寄庵文钞》后序

泰岱[1]之巍巍也，益以撮土[2]不见高；河海之汪汪也，益以掬水[3]不见深，夫人而知之矣。然在泰岱河海，初不以其不见高不见深，而或弃遗之者何也？诚以泰岱河海之忘其为高深，斯撮土掬水乃得并容于高深焉耳！则翰于师《寄庵文钞》之谓也。

翰自乙亥[4]至五华书院[5]，得读《寄庵诗钞》。反复餍饫[6]，知吾党诗学蒸蒸有自来矣。阅丙子[7]，文钞刻成，初受而读之，茫然不解为何语，久若有所得。乃叹吾师之生平，其在斯乎？其在斯乎！顾翰何人，安敢评吾师之文哉！窃思受读以来，罔敢不经意者，于告病、答客诸作，知吾师为仁人孝子也；于办赈、答袁苏亭诸书，知吾师为忠臣循吏也；于论学、论诗及告诸生，答当道诸书，知吾师为理学名儒也。余即登高遇物，率皆抒忠爱，持雅正，异乎流连光景之所为。若夫忠孝节烈尤阐发，不须臾缓。大都振人心而挽末俗，非斯文之力不及此。且吾师岂必斤斤学为如此之文哉？其天甚高，故能不滞于物；其学独大，故能不囿于古。肫然[8]者，性情之流露也；蔼然者，风雨之鼓荡也；飘然[9]者，天外之意，生面独开也；骇然者，澜翻之笔，一泻千里也。固不屑与世之月露风云，雕虫篆刻[10]者，争炫耀于一时之耳目。而亦岂剽窃模范，袭貌遗神[11]者，所得望其项背[12]也哉！

顾翰何人，安敢评吾师之文哉？念是冬散馆[13]后，偶获江夏程石门《滇补》一编，每随意评览，吾师一见，谓上头评语颇明白，询之，则翰也，因以文钞命仿是评读之。夫石门之为人，虽终无所考，然观其谢当事保留一帖，则谢恩私室，已不为正士齿。视吾师生平守道自重，公卿辈倾心加礼，犹望之若浼者，真云泥而径庭[14]矣。顾文钞，吾师之文也。翰安敢评文钞，且安敢以评《滇补》者评文钞哉！叨承[15]善诱，不弃狂瞽[16]，殆进于读诗钞诸同人一教之矣。盖犹是撮土之于泰岱，掬水之于河海焉耳。时嘉庆丙子除夕甲辰，云州受业弟子杨国翰谨识。

题解

本文选自《寄庵文钞》，《云南丛书》第二十六册，中华书局2009年版，第14121页。

嘉庆二十一年（1816）《寄庵文钞》刻成，作者一方面对为“争炫耀于一时之耳目”而“雕虫篆刻”的鄙视，另一方面对刘大绅师命评读《寄庵文钞》则谦为是“撮土之于泰岱，掬水之于河海”，从此文可窥见作者处世为人的风格和政治抱负。

注释

[1] 泰岱：即泰山。泰山又名岱宗，故称。

[2] 撮土：用手把土聚拢成堆。

[3] 掬水：双手捧水。

[4] 乙亥：指嘉庆乙亥年，1815年。

[5] 五华书院：云南创办较早的书院，云南巡抚王启于明嘉靖三年（1524）创办，地址在昆明五华山南麓。

[6] 餍饫：犹博览。

[7] 丙子：指嘉庆丙子年，1816年。

[8] 肫然：诚恳真挚，形容惇厚一致的容貌。

[9] 飘然：心情轻松的样子。

[10] 雕虫篆刻：比喻辞章小技。

[11] 遗神：谓抛弃精神实质。

[12] 望其项背：望见他的颈项和后背，比喻赶得上。

[13] 散馆：旧时由教师自己开设的招徒授课的书房。

[14] 云泥而径庭：情态不同，境况悬殊，比喻相差太远。

[15] 叨承：忝受，承受。

[16] 狂瞽：愚妄无知，多用作自谦之辞。

观精忠柏记

精忠柏在杭城柏台分司狱神庙中，出臬署[1]西若干步。相传宋岳鄂王[2]系狱即其地。遇害之日，柏随枯去，今七百余岁矣。异哉！正气所钟，实冤气所激也。初，朝廷制精忠赐王，世无不知王之精忠也。后柏遂与王之墓与庙，均得名精忠云。

庚辰[3]除夕前三日，余因公至臬署，与同年友方君宣亭往观。此处无他草木，但见挺然一株出庭中。高丈余，围二尺许，无枝干，初不辨何物。逼视之，中空外裂，非金非石，梢头破，形如炬，解事者为铁三道束之。根竖石，为周某诗，阶上则范某刻图也。夫缀秀舒苍，含香结实，不逾时归无何有者，往往而是。僵秃[4]如斯柏，犹支风雨，傲冰雪，任侵蚀磨挫于数百年之久，不假撑持，不稍仆折，凛凛焉，如有生气，何其神也。

先是，月之十九夜，余梦游精忠庙，见此柏植殿中，案度[5]精忠传十余卷，黄绫装潢，检阅甚古致。已复盘桓柏下，悲吟成什。醒时仅记“草木有知心不死，英雄何恨鬼犹灵”二句。余耳精忠柏名久，意汤阴庙中与西湖墓间，无非精忠柏矣。然与梦中不类，窃异之。以语方君，且询朱仙镇者何如？方曰：“并非也，昨见某壁悬精忠柏图，形类子所梦者。”因为往观之约。思余生平慕王忠孝，喜谈王往事，语不及终，则又痛彻肤髓，愤然慨呼吁之无从。忆戊寅[6]居五华山，梦读王本传[7]，痛哭失声而醒。次日有以王书孝字来售，获之，纪以诗。

及谒[8]汤阴庙庭，抚遗碑，睹手迹，今梦精忠柏，因方君所见图以观之，不可谓非异事也。

且夫，物以人传耳，幸则为甘棠，不幸则为此柏，使人流连起敬一也。独异夫王之事，不久昭雪，柏终偃蹇[9]颓圻[10]，不能复生，岂非沉冤积恨，抑郁致此？天乎！人乎！王仇之不复，宜柏之甘心枯槁，不苟为世荣也。

虽然，后之人冶黑金，写诸恶状，蓬跣桎梏[11]，列跪阶下，唾之击之，秽溺之，不稍顾惜，奸魄有知，即欲求如一草一木之速就腐而不可得。视夫维持爱护，摩挲[12]太息[13]如柏者，相去真万万矣！则不论柏之贞性劲节，不可磨灭，就令千世后寸影无存，精忠柏之名，自在天壤[14]也。故曰"正气之所钟，冤气之所激"也。古人有言，树犹如此，人何以堪！观斯柏者知感矣。记之，且以质方君也。

题解

本文选自民国《云县志》上编。

嘉庆二十五年（1820）除夕前三日，作者到杭州岳王庙凭吊岳飞，忠义之气，溢于言表。

注释

[1] 臬署：清代按察使署，掌一省的司法刑狱，负责复审复核所辖各府上报的民事、刑事案，主持全省秋审事务，管理狱政。

[2] 岳鄂王：岳飞，字鹏举，相州汤阴（今河南省安阳市）人，生于 1103 年，1142 年被宋高宗和秦桧以莫须有的罪名杀害，系南宋抗金名将。孝宗谥武穆，宁宗追封鄂王。有《岳武穆遗文》（一

作《岳忠武王文集》）。

[3] 庚辰：嘉庆庚辰年，1820 年。

[4] 僵秃：直挺挺，山无树木，树木无枝叶。

[5] 庋：置放，收藏。

[6] 戊寅：嘉庆戊寅年，1818 年。

[7] 王本传：指《说岳全传》。

[8] 谒：到陵墓致敬。

[9] 偃蹇：高耸；窘迫。

[10] 颓坼：颓败坼裂。

[11]蓬跣桎梏：蓬头跣足，复加械系。指岳墓前所铸秦桧、王氏、张俊、万俟卨四人跪像。

[12] 摩挲：意思是指用手轻轻按着并一下一下地移动或用手抚摸。

[13] 太息：指情志抑郁，胸闷不畅时发出的长吁或短叹声的症状。

[14] 天壤：意思是天和地，天壤间或相隔极远，相差极大。

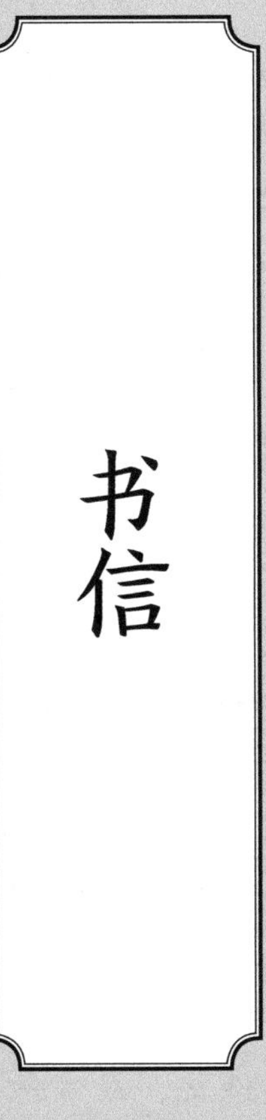

书信

上江苏林臬台书

自夫人视官守如传舍[1]，几不知职分之当尽为何事。民生休戚[2]，地方利病[3]，漠置弗问。阅稿判行[4]，若不得已为之。即稍顾局面，不过铺排[5]故事，聊尔塞责；或作张皇[6]振刷[7]状，少违意辄形退葸[8]，其颓然中辍者往往而是。求其整纲饬纪，剔奸厘弊，无纤毫虚假，无顷刻暇豫[9]，事事以精心实力贯之，如吾夫子今日之秉臬吴会，不惟向所未闻，实极人所难冀也。

闻夫子抵苏，不数月，举数十年积习惯恶为民害者，一旦廓清之。奸猾以次伏法，其奔逸逃窜，闻匿遁浙中者复不少。风声所树，遂听[10]神飞。在夫子只尽职分之所当为，其意甚锐，其气甚暇。本学问为经济，斯出之裕如耳。翰沐教甚久，受知最深，不敢作寻常颂扬语。窃意臬司[11]要政，不过数端，鄙见未审是否？敢渎陈[12]俟教诲焉。

一在惩贪墨[13]。不清吏治，无以靖闾阎[14]。州县之贤否，大半于公事见之。采访风闻，则以士民为定论，舍是恐反得罪。应酬不足于上官，周旋不足于寅友[15]；宾客随从，往往失意，浮言中之。果稍有良心，不甘自薄，尽才力为之，所至必有声。其不堪造就，或贪污、或残酷、或昏聩[16]偏执，教导之、申饬[17]之，爱人以德，盛心也。稍涉姑容，谓可迁就，一经决裂，有欲收拾保全而不能者，庇之适害之，君子无取也。吴中政繁赋重，见好极难。昔汤文正公巡抚时劾罢不肖数人，破格保荐二人，吏治称盛，职此之由。

一在锄奸匪。不去莠民[18]，无以安良善。窃谓地方有匪类，犹人身受邪气。必正气充，则邪气渐消。吴地夙称尚气节，重文章。兴植人文，宏奖善类，培养正气，恃此矣。惟习竞佻巧[19]靓艳，侈荡无度，聚赌宿娼吹烟诸恶甲他省，现悉逃散敛迹矣。窃以为已获者办之，有案者拘之，余似宜宥其既往也。此辈非尽平民，多缙绅旧族子孙，习不善，有司[20]无一过问，遂恬之不为怪，真可恨可怜。既知警悛[21]，宜予自新。闻委拿时，有拒捕者，其人就擒，宜即正典刑，以震其余。至贼匪之窃发，有线有窝，其不能飞空而至也明矣。正贼无获，意者侦缉乏人，赏罚未行耶？窃谓天地间，有狡兔必有韩卢[22]，悬赏设法，必歼其魁乃已。非然者，捕役畏此，常豢小贼一二人，搪塞冒认起赃，子虚其嘱，扳害无辜，饱其欲则蜕供，名曰开花。甚矣！诬陷株累之可畏，不能不虑及之也。

一在清案件。自来提省之案，情节必大，疑窦必多，牵连必众。况以讼狱繁兴之区，积上下两江十数年未结之事，萃于一臬司衙门，欲于月日旦夕间清厘之，难矣！省城能帮审办，仅一首府，应接疲繁。自理纷杂，候补鲜习练可靠。莫若于通省同知班中，遴其贤能较著一二人，委之帮办，不无裨益，是在得其人斯可耳。至已成招之案，非罪名出入，似不宜轻驳，与轻听犯供之翻异也。州县命盗之案，办一人实不容易，通报招解，费尽心力。至于死罪，大都求生不得，非十分丧心之人，断无故入之理。经抵省寄监，老囚猾禁，教之避就呼冤，延宕时日。至详结与翻控之案，似不宜尽依书吏之拟批也。州县审断，自理词讼，难保必无粗疏。至宪案当无不斟酌者，司房[23]酬谢不到，虽两造允服，辄指驳复讯，言似近理。唆讼翻控之人，买批买驳，是其长技。果其负屈求申，罪在不肖有司。否则蠹书[24]讼棍[25]之技俩，当使之穷于所试。闻目下部发案件，积至数十，此外之宜清厘者可知矣。

翰性本戆愚[26]，识复浅陋。闻夫子勤政，刻无安歇，时复微行访缉，用敢琐渎听闻。今诸恶屏息，纲举目张，似宜稍加珍重，下慰鄙怀。

翰奉邑[27]交代，短两竿[28]之数，诸邑[29]亦复如是，自顾不能理财，只好安之而已。所不可解者，绅民纷纷，匍匐乞留，号涕阻道，两处同此情形，令人赧面[30]汗背，几于愧绝。回思职分之所当为，无一可自信，惟有愈加奋励，体夫子之教，法夫子之行，知夫子必有以裁成而训正之也。

题解

本文选自民国《云县志》上编。

道光三年（1823）五月，作者洞察时弊，给时任江苏按察使的林则徐写了《上江苏林臬台书》。在书信中，作者对林则徐称颂有加，进而提出了“惩贪墨、锄奸匪、清案件”三项主张，触及了吸食鸦片这一当时已经严重的社会问题。

注释

[1] 传舍：驿站所设供行人休息的房舍，做临时住宿处。

[2] 休戚：指喜乐和忧虑；亦指有利的和不利的遭遇。

[3] 利病：利弊，利害；优劣。

[4] 判行：批准施行。

[5] 铺排：安置。

[6] 张皇：惊慌，慌张。

[7] 振刷：奋起图新，振作。

[8] 退葸：畏惧退缩。

[9] 暇豫：悠闲逸乐，亦指闲暇的时间。

[10] 遐听：远道听闻。

[11] 臬司：明清时期各省提刑按察使司的简称；臬司主管一省司法，也借称按察使。

[12] 渎陈:冒昧地向对方陈述意见，烦渎对方倾听自己的陈述。

[13] 贪墨：贪污，指贪官污吏。

[14] 闾阎：原指古代里巷内外的门，后泛指平民老百姓。

[15] 寅友：古代的官员称呼同僚的用词。

[16] 昏聩：指眼花耳聋，头脑糊涂，比喻不明事理，不明是非。

[17] 申饬：告诫，斥责，指示。

[18] 莠民：指坏人。

[19] 竞佻巧：竞相放宽技巧。

[20] 有司：主管某部门的官吏，泛指官吏。

[21] 警悛：警醒悔改。

[22] 韩卢：泛指良犬。《战国策》：“驰韩卢以逐蹇兔。”

[23] 司房：州县衙门里负责记录口供、管理案卷的文书部门。

[24] 蠹书：晒去书中的蠹虫；也指被蛀坏的书。

[25] 讼棍：唆使别人打官司自己从中取利的人。

[26] 戆愚：愚昧，愚直。

[27] 奉邑：指奉化县（今浙江省宁波市奉化区）。

[28] 两竿：为竹子的计量单位，喻指时间。

[29] 诸邑：指诸暨县（今浙江省诸暨市）。

[30] 赧面：因惭愧而脸红。

附录一
与杨国翰相关的序

《步华吟》序

刘大绅

《步华吟》，云州杨子丹山自名其诗集者也。窥其意，余甚愧焉。夫丹山固能自以诗见于世者也，丹山性情悫质，学问精深，事亲孝，交友信，谨出处，慎取与，近之者如饮醇醪，如亲芝兰，自醉自化，莫知其所以然。其为诗也，不惊奇，不炫异，神气静穆，从容自适，触景吟怀，体物言志，皆题目中所自有，已特因而出之，盖未有诗而先有诗人之理，故既有诗而适如诗人之旨，一切揣摩剽窃之习，视之蔑如也。五华固多诗人，丹山不足名一家耶。诗凡若干篇，皆余数年中所句投者，汇为一集，底于成矣。余何足言，五华亦何足言。然余窃因丹山之言，而谓读诗之与游山无二致也。夫山峰岭岩、壑洞岫涧泉、草木禽兽、祠宇人家、云霞风雨、霜露烟岚、寒暑阴晴、险夷轩塞、坐卧行止、朝昏阅历，境既不一，兴亦屡迁。分为众有，合为一山，其得之于分者，读一诗似之；其得之于合者，读全诗似之，当其一丘一壑一树一石之寓于目而会于心也，俯仰徘徊，若将止焉，顾必穷探极揽而后已者。游山之情则然也，终其身于一丘一壑一树一石之间隘矣。读诗者，由一句而一篇，由一篇而全集，其为快意，岂有异是耶。虽然山何尽诗亦何尽，丹山今日之诗，数年之诗耳，固名山三百中之一山，如五华者是已；由是再数年，则大华、点苍、鸡足、雪山矣；更数十年，则东岱、西华、中嵩、南衡、北恒矣；进而

不已，蓬莱三神山、昆仑五城十二楼，吾乌测其所如哉。子渊氏之言曰：夫子步亦步，趋亦趋；夫子绝尘而奔，回瞠乎其后。予则曰：丹山驭风御气，以与造物者游，老夫直扶杖而观，裹足不前已矣，步趋云乎哉。抑余闻五华山顶时时有彩云见，昨之日其丹山诗之精气所钟耶？余且得先睹之为快矣。

题解

本文选自《寄庵文钞续附》卷一，《云南丛书：第二十六册》，中华书局 2009 年版，第 14112 页。

《五华五子诗钞》序

刘大绅

《五华五子诗钞》者，钞太和李子即园，云州杨子丹山，呈贡戴子古村，昆明戴子云帆，楚雄池子龠庭之诗也。五华诗止于五子乎？曰：不止也。然则何以钞五子？曰：以五子始也。五子诗，即园最早成，古村次之，丹山、云帆又次之。龠庭乃在后，出游太华数日，归而诗，遂与四子并，曰："五子不虚也。"五子惟丹山旦夕住五华书楼西廊下；古村卖药市廛；云帆、龠庭执经幕府；即园则倚城比隅，辟园筑楼，乞花移竹，啸歌自适。然即园、古村、云帆、龠庭皆时时来五华，煮茗清谈，移晷不倦，或吟笺诗简，往来如织，故得概之以五华也。五华居省会之中，背枕蛇山，面临昆水，金马嘶其东，碧鸡翔其西，西南则太华，东南则七学士，诸峰杰出。云汉间有楼高数丈，凭栏抚槛，揽梵宇之虚无，收仙宫之缥缈，数室庐之高下，瞯市井之参差，凡一切歌舞哭泣、争竞驰逐之纷纭杂陈，视若蝼蚁之趋腥膻、蜉蝣之阅朝夕。每触于外，斯感于中，文从情生，兴缘会起，其为裨益，固自宏深，诗人萃聚，何可诬也！五子诗不袭一家，即园古直苍凉，语多愤激而凄楚悱恻，闻之者悟；丹山朴质浑厚，有理致，以移易风俗、扶持名教为己任，繁而不杂，易而不俚；古村善言情，几欲以泪代笔，以血代墨，往往有酸风楚雨飞集纸上；云帆出风入选，亦时作击筑和歌，音节悲而壮、哀而豪；龠庭少年秀发，奇情逸气，飚举

泉涌，其为诗不同，然皆能以醇挚之性情、方正之学术、锻炼刻苦之精魄、淬厉严毅之胆肝，而归于集义养气、乐道安贫，质古之诗人则无疑，俟后之诗人则不惑矣。虽然五子中惟古村绝意荣禄，有隐焉之志。四子则尚角艺文场，进身科第。而云帆、龠庭年皆未壮，意气尤锐，际遇苟殊，品格亦异。所钞固未足以域之，要之有变境必无退步，可信也。故钞诗自五子始也，若夫由五子而十倍之再十倍之，亦岂有止哉。刻既竟，将以质于世之言诗者，而先为序之，即园名於阳，丹山名国翰，古村名淳，云帆名絅孙，龠庭名生春。

题解

本文选自《寄庵文钞》，《云南丛书：第二十六册》，中华书局 2009 年版，第 14114 页。

附录二

与杨国翰相关的诗

古迹和杨凤藻

刘大绅

南征汲汲拥幡幢，曹魏犹存吴未降。丞相心头无限血，谁怜一半洒泸江。

武乡侯

同心元圣产空桑，神禹来从石纽乡。天地生才无内外，西人应有此贤王。

咸阳王

使臣相继殒南荒，碧血当年弃不藏。马鬣封前人拜跪，神鸦簇簇叫斜阳。

王忠文吴忠节二公

承家直与国同休，茅土遥遥三百秋。昨日昆明池上客，战功还说颍川侯。

黔宁王

禅皇帝后逃天子，末代君臣有如此。运谢居然鬼不灵，村巫寂寂封牛豕。

建文帝

不是程朱嫡子孙，焉能大哭撼宫门。世人但解相传说，宰相杨家一状元。

杨庄介公

烈皇久已殉燕都，万里分藩一策无。赌咒河边如不死，侯王岂但是庸奴。

沐忠节公

半壁南天坏不支，人臣恶死欲何为？吉祥忠果捐生后，

又见忠贞画壁时。

甘忠果公

百年父老诵虏功，狼矢烟消一夕中。听说筹边书十上，不曾请建梵王宫。

蔡将军

行年四十守穷庐，颂磬歌钟愿恐虚。一自乘时兼将相，汉唐名士有谁如。

鄂文端公

题解

本文选自《寄庵诗钞续附》卷二，《云南丛书：第二十六册》，中华书局 2009 年版，第 13833—13834 页。

此诗写于嘉庆二十二年（1817）丁丑。

七夕和杨凤藻

刘大绅

今年七夕幸无雨，灵鹊不曾湿毛羽。长桥夹岸如飞虹，早见双星会银浦。年年乞巧成故事，丈夫尽作小儿女。老翁哑然无一言，白头跪拜枉劳苦。天孙纵有巧与人，少壮不与老何与？君不见柳州之文直戏谑，孙樵之对径弃汝。市儿口说汾阳王，富贵功名绝千古。同时若无李太白，老死军校竟何补。人生赏识贵有真，谁云拙错巧才举。

题解

本文选自《寄庵诗钞续附》卷二，《云南丛书：第二十六册》，中华书局 2009 年版，第 13834 页。

此诗写于嘉庆二十二年（1817）丁丑。

三世节孝诗为云州杨氏

刘大绅

蝤蛴不伏蛟龙渊，鸱枭不巢凤凰穴。畹兰亩蕙同幽芬，层冰积雪共皎洁。朝廷德化敷遐荒，深闺分义明秋霜。杨家贤妇徐家女，卅载苦节旌大常。其姑凛凛节先著，蟠根仙李世共誉。门前一带寒江水，人识孤鸳旧栖处。非是不为妇也姑，姑亦舍妇同心无。手栽女贞十寻木，夜夜树上乌毕逋。人生只此足不朽，独醒独清依仅有。姑妇先后同一身，谁与倡者吕大母。母仪三世征姬周，盛衰苦乐原不侔。要知扶植纲常处，日星河岳同千秋。

题解

本文选自《寄庵诗钞续附》卷二，《云南丛书：第二十六册》，中华书局 2009 年版，第 13837 页。

此诗写于嘉庆二十二年（1817）丁丑。

谢杨凤藻

刘大绅

一曲崦嵫日已曛，相知赖汝定吾文；洪垆去矿金才见，大璞留瑕玉不分。李（即园）戴（古村）于今同缱绻，丁曹自古共殷勤；长愁别后关山远，风雨声淆过罕闻。

题解

本文选自《寄庵诗钞续附》卷三，《云南丛书：第二十六册》，中华书局 2009 年版，第 13845 页。

此诗写于嘉庆二十三年（1818）戊寅。

九日同丹山云帆龠庭登五华楼分得花字

刘大绅

秋气无今古，森森来万家。豪士喜佳节，逸韵凌烟霞。
老夫发已白，头插黄菊花。尚欲越昆水，举足凭太华。
兀坐成无端，悲思触暮笳。楼头好眼界，旷览无所遮。
开径得三益，兴比十老赊。（癸酉九日曾集十老楼上）
我非楚屈子，诸公皆玉差。如到君山上，俯临湘水涯。
髦及忽唐突，颇惜髯孟嘉。落帽自千古，附桓亦堪嗟。
输与女所出，五柳风流遐。颓然抱琴卧，何知人建牙。
我若生同时，日载酒一车。从醉荒园中，闲业谈桑麻。
萧疏落木上，叫噪任乌鸦。怀古空有余，西山夕阳斜。

题解

本文选自《寄庵诗钞续附》卷三，《云南丛书：第二十六册》，中华书局2009年版，第13849—13850页。

此诗写于嘉庆二十三年（1818）戊寅。

游近华浦同张亮工马子云李艺圃杨丹山李占亭朱品三牛涵万奚修亭黎鸿钧马似房戴云帆池龠庭分得溪字

刘大绅

掠烟飞鸟过前溪，十里巅风隔水西；岛屿亦知原有径，登临尚忆旧无梯。楼船汉武成何事，驿路王褒望欲迷；六载湖山卧游处，羡他谢客再三题。

危栏缥缈与云齐，到此昆华入眼低；觞咏直凌秋雨外，管弦不辨夕阳西。天风自欲吹人去，湖水相怜度雁迷；可惜梁南佳胜地，好诗毕竟待谁题。

古祠堂畔雨凄凄，衰柳长堤接短堤；地肺自随天上下，人心莫逐水东西。当歌正欲驰金马，中酒还思舞碧鸡；偏是城头催鼓角，粉墙不许客留题。

题解

本文选自《寄庵诗钞续附》卷三，《云南丛书：第二十六册》，中华书局 2009 年版，第 13850—13851 页。

此诗写于嘉庆二十三年（1818）戊寅。

寿杨生丹山母徐孺人

刘大绅

茫茫大九州，修短数所有。长生不闻道，千年未为寿。矧是闺阁间，何知古不朽。煌煌设帨日，介寿亦大斗。一祝魏夫人，再祝西王母。

西母天帝女，石室其常居。夹侍三青鸟，汉庭驾云车。手传蟠桃核，欲种人欷歔。有无何足道，神仙语元虚。昆仑渺无所，休为贤母誉。

贤母何以贤，视其教子时。富贵人常情，属望宁云痴。家书寄千里，谆谆贤圣期。甘泉无苦水，直木无邪枝。凤凰非鸑鷟，不以为嘉儿。请看贤人庐，上有青云垂。

青云蒸长夏，非云亦非烟。遥望郁郁处，周甲开寿筵。游学奉母命，问视违五年。中夜梦飞越，常到慈帷边。肥瘦异今昔，欢喜同从前。义方夙凛凛，在远心无愆。终歉祝禧候，未及将甘鲜。清晨入函丈，乞我崧岳篇。

忆我始寿母，得年亦六十。群仙遗佳制，至今犹什袭。珠玉远相致，云霞烂漫入。继此三十年，年年益琼笈。甲子祝重周，芝楄冀戢脅。人子喜惧日，先圣亦汲汲。愿子倍于我，寿母更参廿。今秋与宴后，遄归妇昆集。诗取南山上，酒向北斗挹。禄善叠为养，健羡早成立。

题解

本文选自《寄庵诗钞续附》卷四，《云南丛书：第二十六册》，中华书局 2009 年版，第 13860—13861 页。

此诗写于嘉庆二十四年（1819）己卯。

杨丹山来不值

刘大绅

日日望君来，昨来日何暮。旧馆亦相思，不能复久住。高飞羡鸿鹄，云霄有去路。饮啄堂室中，燕雀笑自顾。朋友离合间，是见性情处。严城早关锁，宵柝趣人去。心知一夜梦，重门欲飞度。

题解

本文选自《寄庵诗钞续附》卷四，《云南丛书：第二十六册》，中华书局2009年版，第13865页。

此诗写于嘉庆二十四年（1819）己卯。

寄杨丹山

刘大绅

读书望科第，艰若上升天；既得不知重，沉身坠重渊。
国家设官吏，九州累百千；本计安群黎，岂以供削朘。
物欲交相引，好恶徇一偏；笑骂不复顾，刑威只自专。
叱喝满堂上，唾涕盈门前；握印曾几日，口碑已四传。
愚氓无能为，赏罚尔有权；圣哲洞万里，难容行事颠。
惜哉甲乙科，乃不直一钱；得毋从师日，志即非圣贤。
为麟不为虎，为凤不为鹯；尽得如吾子，吾又何求焉。
赋诗远寄与，勖以心志坚；上天听不远，报最看三年。

题解

本文选自《寄庵诗钞续附》卷七，《云南丛书：第二十六册》，中华书局 2009 年版，第 13922 页。

此诗写于道光二年（1822）壬午。

杨丹山寄书并奉化诸暨两县留别诗，至喜其政治之成也，感而赋诗，不寄丹山也

刘大绅

稳卧斯民枕席安，封书寄到笑相看。共知我辈从心易，独惜人前俯首难。事业三公归有命，经纶七品是何官。攀辕卧辙十年后，回首悠悠双鬓残。

抱君诗卷日沉沉，不觉相思海岱深。竟向青山成白首，尚怜黑夜却黄金。一朝循吏无他术，千古愚民共此心。遗弃婴儿皆长大，生祠□□□□□。

题解

本文选自《寄庵诗钞续附》卷九，《云南丛书：第二十六册》，中华书局 2009 年版，第 13938—13939 页。

此诗写于道光四年（1824）甲申。

杨丹山寄雏袖衣一称受谢

刘大绅

卧病不辞廉吏衣，三年前已判瘽肥。短长万里裁缝称，出处终身被服稀。宾客都言宫锦并，妻奴转讶野蓑违。封还遗鲊思慈母，对此翻疑取与非。

题解

本文选自《寄庵诗钞续附》卷十，《云南丛书：第二十六册》，中华书局2009年版，第13968页。

此诗写于道光五年（1825）乙酉。

得杨丹山寄书六月初六日

刘大绅

亲民县令数逾千，每忆循良辄怃然；尽道才原非百里，可知仕又及三年。辕门千版逐人后，驿路口碑驰众先；今午一书来浙水，北牕跂脚不成眠。

题解

本文选自《寄庵诗钞续附》卷十二，《云南丛书：第二十六册》，中华书局 2009 年版，第 14006 页。

此诗写于道光七年（1827）丁亥。

附录三
杨国翰相关史料摘编

己卯科云南乡试录序

林则徐

嘉庆二十有四年，己卯科乡试礼，臣以云南考官请上命，臣林则徐偕臣吴慈鹤往典，厥事伏念。臣闽陬下士，由辛未庶常习国书，甲戌散馆授编修，丙子科充江西乡试副考官，本年会试，充同考官，兹复仰荷。

恩纶抡才，滇省自维鲜学寡识，四载之内三握文衡。感激悚惶，惟弗克报称是。惧谨偕臣吴慈鹤星驰抵境，届期入闱。维时，监临则兵部侍郎兼都察院右副都御史云南巡抚臣史致光；提调则粮储道臣诚端；监试则盐法道臣潘恭辰；内监试则准补东川府巧家同知臣叶申芗。敬慎将事，内外肃清爰进。云南学政臣牛坤所录士扃闱三试之。臣则徐偕臣慈鹤率同考官：署富民县事候补知县臣许应元，署会泽县事准补罗次县知县臣仇琨，署安宁州事候补知县臣刘铭勋，署罗次县事题补富民县知县臣朱久括，宜良县知县臣江景阳，署宁州事候补知县臣秦凤梁，署元谋县事候补知县臣青文典，云南县知县臣蔡世瑛，悉心校阅，计已荐未荐之卷共四千有奇，臣则徐与臣慈鹤皆逐加评点，取士如额，择其文艺诗策尤雅者十四篇恭呈乙览。臣谨拜手稽首，飏言简端。窃维滇去京师八千余里，其被声教较后于他省，然国家于滇士，正以其僻处遐服而优之者，弥至往既，给驿赴礼部试，比科会闱隽额倍徙，于昔又多膺，簪笔侍从之选，盖圣教覃洽靡远弗，届滇之人士感悦奋兴。自庄蹻启域、汉

武置郡以来，未有如今日之盛也。

夫大雅棫朴之诗，美文王能官人也。而传则训遐不作人之遐为远，谓文王寿考化及远方皆兴起也。其时广轮，地域不越中原；德化所暨，诗人已叹其远。矧我朝袭熙沿漉。洽皇上仁寿之化翔溢，总宙金碧苍洱，闲有不喁喁然。迪德而乡风，涵今而茹古者乎？臣于闱中合三场校之，期于觇见底蕴，拔擢真才。俶诡浮薄之词，概斥勿录。撤棘后复与人士接见，审其趣向，大抵皆有志于学，求副实用，不以小成自甘。而浸淫风雅，擅精书学者，亦复所至。林立以向所闻滇士质鲁少文，由今视之，诚挺华擢秀，蒸蒸日上。益以仰寿考之作，人浃荒陬而轶前古也。自时厥后多士争相砥砺，经明行修，或勉为有体有用之学。他日矢谟于廷，倘足备华国之选，俾臣亦窃附于以人事君之义，是则区区愚忱所愿，与滇士共为敦勖者尔。

题解

本文选自《云左山房文钞》卷一，上海广益书局1916年印本。此文写于嘉庆二十四年（1819）己卯。

嘉庆二十五年庚辰科进士题名

第一甲三名

陈继昌[1]　许乃普　陈銮

第二甲一百名

龚文辉　何桂馨　王德宽　周作楫　田嵩年　罗士菁
詹汝谐　方用仪　贾克慎　刘俊德　许应藻　陈启伯
吴式敏　金光杰　吴其泰　胡希周　徐广缙　金更生
许有韬　何文绮　张星焕　张日章　熊佩之　梁萼涵
唐惇培　朱夑鼎　李璋煜　谢玉珩　陆　炯　蔡子璧
周学光　赵　光　杜绍祁　侯亲贤　孔传钺　吴家懋
刘师陆　冯登府　杨延亮　陆　沅　侯　桐　许　融
俞　焜　邵曰诚　郑　翊　程式金　章　沅　万　辕
吴庆祺　戴咸宁　杨际春[2]徐三宝[3]韦德成　陈之玙
张扩廷　周　涛　卢　树　钱　相　沈道宽　吴继昌
宋应文　龚昌龄[4]杨　篑　梁昌和　黄　崑　马维璜
陈辉甲　陈增印　陈荣夑　方　涛　费开绶　张祥河
于灿文　朱一贯[5]鄂木顺额　冯赞勋　金石声
莫树椿　瑞麟保[6]程焕采　成　朗　周　景[7]孙序贤
刘　谊　胡　畂　张　曾　刘耀椿　侯承诰　邢福山
李泰交　李本芳　郭文汇　潘文辂　明　训　周兆锦
宫思晋　李增福　赵光烈　朱材哲　葛天柱

第三甲一百四十三名

劳逢源　陈震东　夏　勋　刘本夔　区拔熙　董应魁
来学醇　张兆衡　孔昭佶　鲍崇兰　张　森　邓梦舟

丁文钊　刘之蔼　汪百禄　阎　炘　徐宗干　何其兴
张万年　褚裕仁　毛有猷　卢毓嵩　方功钺　刘荫棠
马　疏　李　谦　董长荣　冯文燦　李重轮　张启图
欧阳光　陈修鼎　周　錡　龙鲤门　杨国翰　郭象升
陈　思　姚金符　文　蔚　赵亨铃　张秉德　保　善
吕　溶　刘万程　赵　瑭[8]寇　宁　黄金声　邹万南
重　谦　觉罗图经阿　陈人采　任树森　刘恩庆
李　耨　韩凤修　童文藻　韦天宝　袁文祥　钱起源
胡　钧　范承祖　何萼联　李霖泽　董瀛山　陈世馨
谢长年　何　愚　杨开泰　王　简　黎　靖　戴　谦
金　澄　朱　华　劳光泰　罗宜诰　陈汝衡　李　崧
王镇新　梁之儒　沈　英　吕延庆　张宝塄　恒　春
闭法易　陈允泽　德　喜　张　枋　吴宝治　杨振纲
许大鋐　复蒙保　淳桂森　凌祥烜　陶金烇
王世亮　周际铨　曾统一　李文潭　郭琼宴　窦士达
梁宗敏　吴　炳　欧阳泉　德　林　赵秉衔　英　魁
林士俊　李敬修　庆　辰　张世翼　程仪凤　张乐田
冯云路[9]淡春台　叶上林　龚作楫　顾　名　吴光镐
单伟志　梁有恭　牛　巘　李　庄　张健翮　张松茂
易卓梅　陈　锟[10]韩树椿　庆　全　翟　升　李荣
尚连城　崔三戟　杨席珍　封宗良　李淳玉　张德凤
高峡云　邱梦旟　冯　询　王锡琨　许汝恪　贺嵩秀

[1] 在乡试、会试、殿试中连中三元。

[2] 改名：杨庆琛。

[3] 改名：徐宝善。

[4] 改名：龚文龄。

[5] 改名：朱襄。

[6] 改名：瑞时。

[7] 改名：周项。

[8] 碑作：赵塘。

[9] 碑作：冯路。

[10] 改名：陈昉。

题解

本文选自《明清进士题名碑录索引》（下），上海古籍出版社 1980 年版，第 2777—2779 页。

答奉化令杨丹山明府国翰书

林则徐

丹山年兄明府足下：昨吴小宋茂才来署，辱承手书注问，不颂而规，辞意周祥，敷陈剀切，爱人以德，纫佩奚涯。足下深悉民情，勤求治体，风裁卓荦，操守洁清。宜乎！到处攀辕、循良茂绩，仁湖重莅，与论久孚。又不仅青绶银章，祝升华之鼎盛也。

仆吴阊四月，劳拙时形。州县既鲜任事之员，风俗复有积重之势。是以下车伊始，不得不大声疾呼。而玩愒已深，清厘不易，殷忧昕夕，益懔棼丝。承示数条，事理确当。仆以为令牧之贤否？惟视公事为凭，采虚声，听谀言，皆无当也。才德兼备，表里粹然者，今日诚难其人，但能守洁，矢勤不至，阘冗无绪，便可量为鼓励。至若自剑下纠摘，不胜其多，且受代人员未必尽皆可靠，则又徒滋纷扰，无补治功。惟有随事随时，留心董劝，期于贤者思奋，不肖者知戒，如是而已。

吴中有不治之症二：在官曰疲，在民曰奢。即如游手好闲之民，本业不恒，日用无节，包揽仗船，开设烟馆，要结胥役，把持地方。渐渍既非一朝，剪除势难净尽。惟有将积蠹有名之棍，密访严拿，期于闾阎稍靖。而此辈窥伺甚工，趋避甚巧，一人耳目，断不能周。要在州县官实力奉行，以安良除莠为务，乃有实际耳。此间窃匪之多，从来未有，而捕役实无得力之人。屡经限比、亲提，严查窝线，虽连获数起，中有积匪十余名，所破之案不少，而根株难净，愤懑殊深。此由州县之宽，致滋保捕之玩，亦难治之一端也。

两江案牍繁多，视浙省不啻数倍。仆受事之初，京控多至三十余起。省中承审各员，以提人为宕延之计，而各属延不解审，委员四出，音耗杳然。因而详定章程，严立限制，省中所提人证，均请由司核定，始准札提。无甚关要者，取供录送，并令该州县各自批解，委员全行撤回。其紧要被证，逾限不到，即予特参。并严督在省委员，排日提讯，可结即结。自通饬以后，批解尚能如期，数月以来，结者已什之九。无如奏交、咨交之案，又复源源而来，竟与数年前山东情形相似。现惟严办诬告，力拿讼师，以冀此风稍息。

至州县解审之累，仆深知之。是以将淮、徐、海三府州属，仿照江西之赣南、粤东之雷潮等处，遣军以下及秋审人犯，均由巡道勘转，不复解司，经大府奏蒙恩允。此非存推诿之见，不过略免拖累耳。仆于命盗各案，必先核其初报。如情罪未协，即于初报先驳，俾易覆讯改正，免致招解之后重行发回。若案情不错，断不任犯狡供致贻。州县之累，司书胆玩已久，既往之事，不可问者颇多。只因投鼠忌器，是以未兴刑狱而随时约束，实费心神。现在一切谳牍，皆出亲裁，不肯稍有假手。所有各属积案，通饬清厘。细故，控司者一概不准，庶讼师鬼蜮伎俩，穷于所施。然而，一人之身面面受敌，劳而寡效，兢惕弥深。

今年梅雨滞淫，沟塍漫溢，久经开霁，积潦未消。加以连日东南风，大水无所归。顷已大暑，届期仍难补种，苏常等属均须办灾。闻杭嘉湖诸郡同此疮痍，贵治距省

较远，能无患否？风便尚祈见示，并仆有办理未到之处，仍望切实指陈。俾资韦佩则拜，况良多矣。端此，覆颂，时祺不宣。

题解

本文选自《云左山房文钞》卷四，上海广益书局1916年印本，第6—7页。

此书信写于道光三年（1823）癸未。

木质匾额“桂院流香”

该木质匾额长208厘米，宽64厘米，红漆底牌，阴刻金字。木匾右刻道光丙戌季冬吉旦；中刻桂院流香四字；左刻赐同进士杨国翰敬立。

题解

该匾现为杨国翰五世孙杨彦全保存。

大清道光八年敕命

奉天承运，皇帝制曰：求治在亲民之吏，端重循良，教忠励资、敬之，忱聿隆褒奖尔。杨本源乃浙江杭州府仁和县知县杨国翰之父，禔躬淳厚，垂训端严，业可开先式穀。乃宣猷之本，泽堪启后贻谋，裕作牧之方。兹以覃恩，赠尔为文林郎。浙江杭州府仁和县知县，锡之敕命。呜呼！克承清白之风，嘉兹报政用慰显杨之志，昭乃遗谟。

制曰：朝廷重民社之司功，推循吏臣子。凛冰渊之操，教本慈帏尔。徐氏乃浙江杭州府仁和县知县杨国翰之母，淑慎其仪，柔嘉维则。宣训词，于朝夕不忘育子之勤，集庆泽于门闾。式被自天之宠。兹以覃恩，封尔为孺人。呜呼！仰酬显复之恩，勉恩抚字，载焕丝纶之色，用慰劬劳。

敕命

大清道光八年月日

之宝

题解

“大清道光八年敕命”碑立于今云县大寨镇杨本源夫妇墓址。

端溪砚

道光九年（1829），杨国翰在浙江仁和知县任上，于武林官舍聚会同僚友人，制作端溪砚一方。

端溪砚形如蟾蜍，蛤口喷吐粉红色细丝飘荡全身，有形似水，有形若云，有形如雾，有形如铜钱，自然奇妙。前刻“端溪光怪生蟾蜍，天然缥缈水云间；嘘吸崇朝珠玉敷，苍生苍生望何如。丹山自铭。道光己丑。丹山大兄嘱书于武林官舍，沂泉曾润”。又“神凝质重，古异瑰殊，丰年霜雨，恃此沾濡，小沛铭”。

砚长六七寸，宽三四寸，砚池水眼十分精细，对口哈气，犹如墨涌，故有传言，此砚用时勿需加水，只需哈气。

题解

此砚遗存今云县大寨镇梨园村老家，由杨国翰四世孙杨光辉保管。《云县大寨杨氏家谱》主笔杨光旭与众多族人及亲友不时借以观瞻。万分遗憾的是，此传世之物，于20世纪80年代被蒙骗出售流失。

大清道光十年制诰

奉天承运，皇帝制曰：求治在亲民之吏，端重循良，教忠励资、敬之，忱聿隆褒奖尔。前赠文林郎杨本源乃现擢浙江温台玉环饷捕分府加三级杨国翰之父，禔躬淳厚，垂训端严，业可开先式穀。乃宣猷之本，泽堪启后贻谋，裕作牧之方。兹以尔子克襄王事，晋赠尔为奉政大夫。锡之敕命。呜呼！克承清白之风，嘉兹报政用慰显杨之志，昭乃遗谟。

制曰：朝廷重民社之司功，推循吏臣子。凛冰渊之操，教本慈帏尔。前封孺人徐氏乃现擢浙江温台玉环饷捕分府加三级杨国翰之母，淑慎其仪，柔嘉维则。宣训词，于朝夕不忘育子之勤，集庆泽于门闾。式被自天之宠。兹以尔子克襄王事，晋封尔为宜人。呜呼！仰酬显复之恩，勉恩抚字，载焕丝纶之色，用慰劬劳。

制诰

大清道光十年月日

之宝

题解

“大清道光十年制诰”碑立于今云县大寨镇杨本源夫妇墓址。

玉环同知杨丹山先生墓志

林则徐

先生讳国翰，字凤藻，号丹山，杨其姓也。先生父诰授奉政大夫林青公，始自江西临川游易云州，娶先生母诰封宜人。徐太宜人生公兄弟三人，公即其长也。公自少不好嬉戏，长即奋志圣贤。于嘉庆丙寅岁，屡冠多士，以补员寻拔前茅而食饩，遂为州之邑人。余己卯奉命主试滇闱，揭晓后，获公名，知为五华五子首选，同考皆以为得士贺。余奉命都中，先生捷南宫，钦点知县，分发浙江。会余亦奉命出视杭嘉湖道，先后抵浙，公暇辄得谈励。时中丞帅先洲先生，号知人，不轻许可，独于公历试艰巨，谓有古名良风，不可以百里限，并称余为国家得人。嗣后余迁臬吴中，转藩陕楚江陵间，公贤声几遍天下。会公以海盐卓异，于道光八年北上引见，旋蒙西暖阁召见，天颜温霁，圣训周详。在公以为异数，而不知其素所夙积也。

以公年方强仕，优游资格，故于十年外擢温台玉环同知。甫一载，大吏以公娴习海疆，专折奏办东防塘工。时太宜人就养署中，公以王事不敢辞。太宜人年老，又不忍离，勉以就事，阅岁壬辰夏杪，太宜人病沉环山，恐乱公心，俾二弟勿通消息。公于海滨窃听，星夜旋署，得侍汤药。半阅月，太宜人竟不起焉。是岁公奉旨扶榇回籍归葬，道经姑苏，余时抚吴，得就舟中吊奠。见公面墨泣哀，余节慰者再。孰意公竟以忧劳成疾，甫抵里

而长逝矣。

嗟乎！公以名进士，初宰奉化。先是奉化有溺女之风，官其地者，皆漠然置之。公独捐廉，倡始为育婴堂，经营尽善，岁活数百婴，立千古未有之德。继署诸暨，清厘前任积案，禁屠耕牛，慑服巨盗，饬胥役，绝樗蒲，境内肃然。于四民则造浮梁。初，江东旧有浮桥，前机失宜，岁圮难继。公下车，择立董事，亲授规画，而人乐助乎。不数月，大改前观。设桥吏以启闭，量赢余而岁修，能于江湖奔放中建此不拔之基，可谓知为政矣。于海盐则营义地以禁火葬，凿白羊以固海塘。调仁和，仁和固省会首邑，食众事烦，任斯职者，鲜不疲累，公独三莅焉。绝盐当之规，亲发审之案，宜乎，“清恐人知”之额，高悬于赵玉峰乡贤之祠也。摄海昌，则兴学校，课农桑，士民蒸蒸日上。擢玉环，则平允盐务，肃清海洋，储芋丝以救饥民，扫台浆以惩奸弁。凡此皆就其地之先者、宜者，约举一二端，非敢谓先生之实心善政尽于此也。

余又闻公故乡程月川中丞，丁兴斋侍读学士，与夫池龠庭，黄象坤诸太史之数称公孝友性成，尤为不可企及。善乎！丁学士评公之文曰：“德行本也，文艺末也。本德行为文艺，其入理既深，其立言不朽，得之矣。独是文章只以润身，政事乃可及物。”余按：公坐则本德行以发为文章，起则本文章以著为政事。若公者可谓言行相符，宜为天地间不朽之完人也。况乎英年长才，朝廷方倚大用，吾辈正俟虚席，兹乃忽闻其讣，而为之撰其墓焉，岂吾之意也哉！

吾于公始则校其文艺，同考以得士贺；继则课其功名，中丞以得人贺；中间天子面谕以“好好照此去做”，则是公之实在人。公之名常不死矣。

题解

本文选自光绪《续修顺宁府志》卷三十四。《滇南碑传集》也加以收录。

此文写于道光十三年（1833）癸巳。

杨公墓志铭

公讳本源，字林青，江西临川人也。家传清白，代显簪缨。少，随父腾万公客于湖南长沙、浏阳。及父归卒，公大事毕，适滇初，游迤东诸郡。继上迤西底云阳。又闻母氏陈太君仙逝，始家勐麻焉。娶孺人徐氏，内助得人，家道昌而人文蔚，皆公积善之庆也。

稽公生平，敦孝弟，重交游，崇信义，甘淡泊，其风概如此。至若提携亲族，培植子弟，倾囊者数矣，虽拮据弗辞焉。人咸以是重之。公子国翰，自游庠食饩皆从余游，因得悉公之梗概，而为志焉尔。复赞曰：

洪都毓秀，大侯发祥。

始基无坏，厥后克昌。

清白可风，恭俭宜谥。

山水有情，松柏交翠。

乡进士候选县正堂眷弟朱石渠拜撰

题解

本文录自今云县大寨镇杨国翰父母合墓碑。

杨母寿基序

母，吾家长姊也。性仁慈方正，自幼事父母，克尽孝道。及既嫔，相夫子，勤内助，艰苦备尝，卒成家业。其居家训子，务志远大，不屑规规，为目前计良可风也。今者营立寿基，于杨公墓左此，盖可以百年不用，不可一日不备之事者耳，爰集诗为赞。诗云：

母氏劳苦，有如皦日。
百岁之后，归于其室。
死则同穴，如山如河。
于斯万年，永失弗迴。
观其流泉，相其阴阳。
卜云其吉，终焉允藏。
既景乃冈，河水洋洋。
子孙千忆，长发其祥。
云州儒学廪膳生员姻内弟徐庆桂拜识
嘉庆十七年壬申冬十一月十一日辰时吉旦

题解

本文录自今云县大寨镇杨国翰父母合墓碑。

槐花黄

杨国柱

古道何人种槐树，年复年来有几度。随风指点新落花，片片碎金夹驿路。忆昔王氏庭前栽，中央一色连三台。安国大梦谁先觉，香风阵阵频相催。预兆蓝衣汁染柳，诸儒黄甲许曾否。异哉拾花如桂丹，咫尺秋风攀折手。昔年此花开已黄，举子行色何遑遑。今年此花放复遍，举子朝夕期帝乡。昔年今年色不改，槐兮槐兮人自忙。

题解

本诗选自刘大绅辑《五华诗存》卷六，嘉庆二十一年（1816）会文堂刻本。

杨国柱字栋藻，是杨国翰之弟。

碧鸡关

杨国柱

白凤千仞下滇西，遥对金马飞四蹄；千百年来碧海水，照彻素羽印沙泥。忆昔土人莫识禽，竟把灵鸟呼山鸡；我曾客路叩关过，关上古寺云凄凄。不见当年碧鸡彩，时看百尺桐阴迷；巍然此关亦何峻，共览德辉无险溪。朝闻喔喔思起舞，鸡鸣狗盗羞参稽；会当一声擎天下，彼哉汉使轻品题。

题解

本诗选自《滇诗丛录》。《滇诗丛录》是《云南丛书》的一部未刊稿，手写本，连目录一卷，共一百零一卷，现藏于云南省图书馆。

浙江史志资料摘编

杨国翰，字丹山，昆明人，进士。道光元年知奉化。甫入境，见农田侨宿，具问之。对以瓜芋菜蔬夜或被窃，故侨宿以守之。则召地保训之月：农夫终日劬苦，若夜间又露宿，不得安寝，是重苦也。自今农田被窃者，惟余是偿。饬尽撤宿，具归之，地方肃然。下车后，崇奖儒学。访广平书院，遗址废为梵院，大骇。为捐俸额，使亟改之。邑中育婴堂，创自教谕孙熊。国翰至，乃扩大之。倡捐廉泉。亲至八乡劝捐民田千余亩，厘订旧规，收育益广。三年，调署鄞县。留别诗有“假如心血可为乳，不惜一腔分众婴；忍使呱呱多失养，方欣幼幼有同情”之句。性仁恕，勤恤民，隐而遇事有执持。虽大府世家，无敢干以私者。

摘录自光绪《奉化县志》卷十八，名宦十九，上海书店 1993 年版，第 252 页。

杨国翰，字丹山，云南顺宁人。由廪膳生登嘉庆庚辰，陈继昌榜进士。初宰奉化，有异政。调署诸暨，奉民曾赴部院乞留。其宰暨也，甫下车，即兴文教，禁敝俗，纠逖奸蠹。雷厉风行，不稍假借。尝变服矫褐，徒步走乡村，访求民隐，举地方之利弊，民生之纾困。与夫人之贤否，事之曲直，一一皆廉得其实，而人卒莫之识也。故如草坊牌头之私宰，赌博盛。后之，窃窝皆先躬访之，而后躬自擒捕之。有亭午坐堂皇问，问而既昏。叩关，自乡村获地棍归者有。清晨与卫出郭，而晡时在城内搜索。讼棍者，周密矫变，虽近习亦莫能窥测。其鞫狱也，剖决如流，曲尽情详，若有神算。初视事，每收状月可数十纸。数月后，仅有至者判不稽时，案无留牍，复讯结。历政滞讼数百宗，无一冤抑，人皆以杨青天呼之。自始莅至去任不满十月，四境大治，雀鼠敛迹，奸宄累息，民不见吏，户无犬吠。化之神速，古今罕对。汉时吴公治平为天下第一，若此者，可以当之矣。以道光二年十月莅暨。三年邑大饥，民难谋生。以请缓征，忤上旨。八月檄调钱塘去。暨民之乞留，犹奉不获，如所请，亦犹奉。去之日，祖送之，饯至出境不闲。后升玉环同知。丁忧归，以毁卒于家。迄今八十余年，杨青天之名传颂弗替，其簿谳诸事，亦犹有人能道之者。

摘录自光绪《诸暨名宦志》卷二十三，上海书店1993年版，第397页。

杨侯国翰以滇南名进士来莅是邦，厘奸剔弊，首严火葬之禁。复为周视原野，督令将无主棺木遍为葬埋，凡此皆所以奉扬。

摘录自光绪《海盐县志》卷四，上海书店1993年版，第587页。

杨国翰，字凤藻，云南云州人。嘉庆庚辰进士，道光十一年来署篆。性仁慈，为治以宽济猛听。事之暇，吟

咏自娱。旋，丁母忧。泣血不止，绝粒者数日。扶榇回里，以哀毁成疾，卒于途。士民于其去也，作联赠之云：地肺无灵，痛我慈君丧其母；天心有感，俾完纯孝作纯臣。

摘录自光绪《玉环厅志》卷九，职官，上海书店1993年版，第853页。

挽诗、挽联

我悲杨夫子，积哀齐昆仑。公如千顷波，汪汪无涯垠。屈为百里才，乌获举一钧。大用不竟施，收神归苍旻。贱子昔未冠，一见许国珍。谓当扶日车，与世回阳春。我闻窃矜奋，蓄志期一伸。

蹉跎二十载，低颜逐朝绅。往情忽衰歇，渺若归山云。屡变人迷谬，作计垂空文。公言将不验，卫公名知人。自计良已熟，决往无逡巡。行将负书去，归卧烟水滨。报公知如何，思公以终身。

——诸暨士民挽

摘录自光绪《诸暨名宦志》卷二十三。

悼杨公（原碑有刊刻）

公去何太速，公来何太迟。
不如公不来，免我去相思。
春阳照百物，草木咸改容。
逢公只一日，不如不相逢。
我年近八旬，还作婴儿啼。
攀辕留不住，送公宜复行。
何时驾五马，来守会稽城。
浙江海昌县楼厚民敬挽

摘录自云县大寨《杨氏家谱》。

地肺无灵，痛我慈君丧其母；
天心有感，俾完纯孝作纯臣。
玉环士民赠联

摘录自光绪《玉环厅志》卷九。

望重五华，才高三迤；
功歌两浙，名达九重。
江苏巡抚林则徐撰

摘录自《云县志》。

奉化育婴堂产田清册发刊叙言（节选）

奉化之有育婴堂，自清嘉庆二十一年始，教谕孙熊、训导许世芳暨士绅严圣佐、王赓盛等倡捐设立。购买学东民田一亩零，建瓦屋七间，即今育婴堂基址也。同时又捐得民田二十三亩、民涂十二亩、银三十两又一百三十元、钱一百七十千，以为基本。泰清寺附近有田九十余亩，原为衙署乾没之学田，复准拨入育婴堂。迄二十五年，知县吕璜以名儒宰奉化，得请于巡道陈中孚，拨给备公银一千两，购田三十八亩有奇。知府胡公拨捐鄞县石塘五岭田四十一亩一分。道光元年，知县杨国翰亲赴各乡劝捐，得田七百二十二亩零，于是规制略具矣。其后历任贤宰官，均有捐助。

民国十三年甲子四月奉化育婴堂董事周钧棠、孙振麒

此文节选自民国《奉化育婴堂产田清册》，宁波钧和公司代印1924年版。

杨国翰的为官之道

——以浙江诸暨任上为中心

杨国翰（1787—1833），字凤藻，号丹山，云南云州勐麻（今云县大寨镇）人。清嘉庆二十年（1815）至嘉庆二十四年（1819）在昆明五华书院读书，与戴絅孙、池生春、李于阳、戴淳被世人称为“五华五才子”。嘉庆二十四年乡试中举。嘉庆二十五年（1820）顺利通过会试、殿试，以三甲赐同进士出身荣登黄榜。其诗文在云南古代文学史上有一定地位。但他的为官之道更令人称道。

道光二年（1822）十月至道光三年（1823）二月，杨国翰任浙江诸暨知县。就常理而言，五个月时间，能做几件事呢？杨国翰却不然。在诸暨知县任上，他把“民惟邦本”的思想付诸实践，取得了一系列有口皆碑的政绩。第一，深入农村，访贫问苦。杨国翰常“变服矫褐，徒步走乡村，访求民隐，举地方之利弊，民生之纾困……而人卒莫之识也”。同时，他“禁屠耕牛”，垦辟田亩，发展农业生产。第二，打击偷盗，严惩赌博。针对诸暨社会治安混乱的实际情况，杨国翰“慑服巨盗，饬胥役，绝樗蒲”，“窃窝皆先躬访之，而后躬自擒捕之”。虽然中国早有“强龙难压地头蛇”之说，但杨国翰勇于打击邪恶势力，绝不明哲保身。第三，雷厉风行，清理积案。杨国翰到任诸暨知县时，前任积压案件达六百余件之多。

他认识到“不清积案，无以安民”，详细了解“事之曲直”，日夜处理案件，“剖决如流，曲尽情详”，使“历政滞讼数百宗，无一冤抑”。第四，不计得失，为民请命。因遭受自然灾害，诸暨各乡“大饥，民难谋生”，但浙江部院一直催交赋税。为了减轻黎民百姓的疾苦，杨国翰置个人的官位、前途于不顾，为民请命，“以请缓征”。虽后来就因此“忤上旨”，影响了升迁，但他赢得了百姓的拥戴，“人皆以杨青天呼之”。杨国翰在官五月，诸暨“四境大治，雀鼠敛迹，奸宄累息，民不见吏，户无犬吠”。光绪年间撰修的《诸暨名宦志》载：“迄今八十余年，杨青天之名传颂弗替，其簿谳诸事亦犹有人能道之者。”

不要以为当官一定要在一个地方当得长，频频亮相，才会深入民心，才会让人民记得住。包拯在开封府任职不过一年零三个月，人民给了他“包青天”的千古美名。苏轼在杭州任太守也才一年半时间，杭州西湖的苏堤却一直叫到了今天，以纪念苏轼的政绩。杨国翰在诸暨任知县更是只有五个月时间，但在他离任时，诸暨的官绅、百姓“匍匐乞留，号涕阻道”。

“五月诸暨官，百年杨青天。”我想，杨国翰的为官之道对今天大大小小的领导干部来说，也许应该有所启示吧！

杨宝康

选自《临沧日报》2003 年 10 月 11 日

明清时期的五华书院

中国书院的名称始于唐代，在明清以前，书院是藏书、讲学、研习儒家经典的地方。到了明清两个朝代，书院的功能趋于萎缩，基本上成了准备科举的场所。昆明的五华书院开创于明嘉靖三年（1524），是云南省创办较早的一个书院，创始人是云南巡抚王启，地址在五华山南麓。清雍正九年（1731），云贵总督鄂尔泰又对五华书院进行大规模的扩建，他还捐购图书万余卷，亲自制定书院章程和课本。五华书院在鄂尔泰的大力扶持下，成了一所遐迩闻名的大书院，培育出了钱沣、唐文灼、王肇增、方学周、何钟泰、何傅岩、吴桐、方玉润、戴絅孙、杨国翰、池生春、李于阳、戴淳等著名学者。历届书院山长诸如孙人龙、施应培、谷际岐、尹壮图、刘大绅、黄琮、罗瑞图等，均为饱学名士。

昔日的五华书院占地甚广，从五华山南麓到今华山南路西段之间均为五华书院的旧址。五华书院的大门前，有一巨大的照壁，照壁上彩绘有鱼龙图案。大门三开间，正中悬挂有鄂尔泰题书的“五华书院”横额。进大门前行十多步为二门，入二门向北行三四十步为大讲堂。讲堂为五大间，当中的一间为过道，此一间过道，前面无门，后面则有屏门六扇。屏门上刻有钱沣所书的程子四箴：“视、听、言、动。”四字粉底蓝字、遒劲有力。过道左右两侧的四开间内，设有桌椅若干，为考课时士子伏案之处。四间讲堂的前檐下悬挂有八块大方匾，每块一字，上书“斋”“庄”“中”“正”“整”“齐”“严”“肃”。该匾为清光绪进士、五华书院山长罗瑞图所书。穿过讲堂，是一个宽阔的大天井，天井之北是一座藏书楼。“藏书楼”三个大字笔健锋圆、神完气足，豪迈异常，乃清乾隆进士、礼部侍郎、五华书院山长、蒙自人尹壮图所书。笔者出生太晚了，没能亲眼目睹悬挂在五华书院藏书楼的这三个大字，但却有幸在弥勒虹溪书院（今虹溪中学）看见这位先贤的相同题字。由于掌握资料有限，这个题字究竟是一写两用，还是尹老夫子专门题写，就不太清楚了。给我的感觉是：“藏书楼”三字果然笔力雄健、气势非凡。使我这个书呆子在楼前流连了许久。

五华书院藏书楼还悬挂有一副尹壮图题书的对联：“鱼跃鸢飞，活泼泼地；云蒸霞蔚，纠缦缦天。”该联对仗工整、气势宏大，很能体现尹山长远大的志向、广阔的胸襟以及对攻读士子的殷殷期望。藏书楼后是一大院房屋，为历届山长居住、读书的地方。院子宽敞、清静，辟有东西两园。园内长廊曲折、亭台隐约，的确是一个读书、散步的好地方。特别是东园内的“阿香亭”最为雅致。

张佐

选自《春城晚报》2000 年 12 月 11 日

务修德行，勿以记诵词章诡取功名——刘大绅

刘大绅（1746—1828），字寄庵，华宁县宁州镇人。清乾隆三十七年（1772）进士，四十八年（1783）任山东新城（今桓台）知县，适历三年大旱，大绅极力拯恤，以至不惜捐薪俸施粥，救活了许多饥民，百姓爱之如父母。五十一年（1786），令调曹县知县，新城县民向布政使苦求让其留任新城，未获准。正遇钦差和道员过境，数千百姓向他们哀求留大绅，遂得再留任新城一年，五十二年就任曹县知县，其灾荒尤甚新城，正当大绅苦求救灾办法之际，河督下令征调曹县万名民工修赵河堤数百丈。大绅立即把应调民工召至县衙，好言慰勉，以工代赈，发给粮食，使公私兼利。河堤两月竣工，民工无逃亡或患病者。接着，河督又令曹县征集修河所需秸料三百万斤。大绅以正值秋收时节请求暂缓征调，以免影响秋收。河督不准，并说要治大绅罪，百姓怕连累大绅，争先交纳秸料，不到十天就交足三百万之数。一次，大绅到乡间巡视，听到农民互相告苦说："谷贱银贵，田赋开征的期限将近，奈何？"他就对他们说："等谷物有好价钱再交田赋也不迟啊。"这话传到上司那里，上司以"擅作主张，拖延征期"怪罪大绅，并另派能吏到曹县代征，百姓惟恐失去大绅，奔走相约，及时交赋，及代征者到县，当年田赋已全部交清。上司妒其贤，又限期催收上两年因灾拖欠的五万多两赋银，并扬言说如不收齐，就另派他人取代刘知县，百姓很害怕，更是力完所欠赋税。

乾隆五十三年（1788），大绅因病辞官，吏民遮道拜送，大绅不忍，只好答应不走，却被调任文登知县。时值新城县正筹备修城，因工程棘手，无人承担指挥之任，新城县民向布政使请求让大绅回新城，大绅不忍负新城百姓厚望，遂不去文登而领命到新城，修城工程竣工不久，上司以其在曹县“擅命稽违赋期”罪名陷大绅，将他削籍戍边，新城、曹两县百姓捐钱为大绅赎“罪”，使其得免，后经大臣公推复官，任朝城（今莘县）知县，后升清州府（治所在今益都）同知。嘉庆八年（1803）调武定府（治所在今惠民）同知，遇蝗灾，大绅亲率吏民到田间捕杀蝗虫，又遇黄河水暴涨成灾，大绅奉命查灾赈济，他竭力任事，惠及灾民，有巡抚代嘉庆帝朱批“好官可用”四字，嘉庆十年（1805）大绅以母老辞官回乡。新城张万灵等乡绅特请人作《遗爱图》一套十九幅，绘大绅在山东各地事迹，以寄托对大绅的思念之情。

嘉庆十八年至二十五年（1813—1820），任昆明五华书院主讲，他以培育治国人才为己任。早在新城县任职时，他就以“务修德行，勿以记诵词章诡取功名”劝诫诸生。既掌五华书院，当时学生们只求应付科举，不图成就真才实学，他就以经史诗文教授学生，使学风大变，他还精选学生诗文刊印成《五华诗存》。学生中有学业优异者戴絅孙、杨国翰、池生春、李于阳、戴淳五人世称“五华五子”。大绅擅赋诗作卷，均收入《云南丛书》，其书法古朴淳厚，恰如其人。

华宁旅游局

选自 2003 云南·华宁旅游网

杨国翰的传说

长期以来，学术界冷落了杨国翰。但在民间，杨国翰的故事却不少，既有关于杨国翰才思敏捷的故事，也有关于杨国翰的死的流传等。

有关反映杨国翰才思敏捷的故事流传很多。如1820年杨国翰考中进士后，朝中官员惊诧云州边陲小地竟有此人才，礼部一官员特别随同杨国翰回乡。在云州，礼部官员见到四面山高险峻，城边小山有一石塔。他为了显示个人才干，随口说出“群山巍巍，中间宝塔一座”，并向过路人问询下联。问了几人，都只是摇摇手，无语离去。他回头对杨国翰说：“你的家乡文化落后，除你之外已无人才。”杨国翰回答说：“云州人才众多，刚才几个人都回答了你的提问，只是我们云州人有个习惯，不喜欢用语言来回答。”礼部官员问杨国翰那几人手势的意思，杨国翰说：“伸手摇摇，五指三长两短”。又如1828年道光皇帝在北京召见杨国翰。一番勉励之后，向杨国翰问话：“听大臣禀报，你的家乡是多事之地，是吗？”杨国翰回答说：“我的家乡真的寺多，具体说来，‘东有东山寺，西有西山寺，北有茶房寺，南有回龙寺，中间有个大缅寺’。”道光帝赞赏杨国翰的敏捷反应，非但不追究其欺君之言，而且问起大勐麻的风景，杨国翰回答说：“顺淌两条河，倒流三道沟，古树盘水井，两步三道桥，三围两棵桂花树。”

关于杨国翰死亡的原因，流传最广的说法是：1832

年杨国翰的母亲在浙江病死，他送遗体回乡安葬。经过云州马街梁子时，杨国翰一行途中休息，路边有一眼水井，水清凉甜。杨国翰用手捧喝了两口，顿觉天旋地转，勉强回到家中。杨国翰本来就事母至孝，母亲之死对他是沉重打击，加之回乡长途劳累，又在走热之时喝了冷水，回到家中当晚即逝。

以上故事虽有背景，但却不是历史。当然，这些传说表明，在百姓心目中，杨国翰学高才强，以孝至亲。

杨宝康

2000 年 6 月 18 日调查整理

杨丹山墓重建记

先人立碑镌铭，义在纪志。悼逝激生，怀恩德，继风节，非我中华独具之传统，乃人类承先启后之道德。人类进入文明时代至今，凡知史认宗者，皆无例外。凡常而兴家立业有建树；大而治国安邦建卓绩者，古今中外概无不于公论，世代以纪效法，纵观史今，非愚昧奸佞之辈，孰怀非议。

丹山公自幼颖慧好学，才华非凡，就读五华书院时，即著有《步华吟》。1820年京试公捷南宫，赐同进士及第，钦点知县，历职浙江奉化、诸暨、海盐、仁和、四民、海昌、温州、台州等八州县，甫十载擢玉环同知。公以圣贤为楷模，立报国报民大志，施政纲纪清廉，兴利除弊，体察民苦，政绩卓异，故上蒙皇上勉励，下得士民爱戴，左右同仁赞许。中丞帅仙舟先生多次赞公“有古名良风，不可以百里限”，逝后，林则徐亲撰墓志，评公“立千古未有之德”，“可谓知为政矣”；翰林院检讨邬秦登挽诗《丹山贤侯德政》；董际清写了纪述公历任始末之五言长诗；公师刘大绅挽《寄丹山》五言诗二章；海昌县耄耋楼厚民先生挽有感人肺腑之赠别诗。均刊刻在原碑供台壁厢之四块大理石中。

丹山公原墓于一八三四年二月立于丹凤山，墓基内室纵深约三米，高八尺，分前后两进。前沿墓门两根大理石柱立于狮背，柱上刊刻行书联：“吟步五华文标四海，功歌两浙名达九重。”登石级踏步为墓之外庭，正面及两侧五块近方米的大理石浮雕，锲有麒麟、松鹤、寿星、樵夫、鱼跃龙门，无不栩栩如生。再进为供台，台高一米，正中石雕为殿宇式，台沿两根大理石小柱立于小狮背上，小柱上刻草书联“长安万里传双泪，天下谁人不识君”，小柱隔而未隔地分供台为三，正中主碑心为公之灵位，两边有大理石小隔柱，上刻“礼乐百年成燕翼，诗书千载荷龙光”。左碑心石刻生年故相，右为宜人之灵位。两侧壁厢四块大理石碑，刊刻墓志、挽诗、挽词。墓门八字两端，各置一大方石座，座上立细红石下山雄狮。迎面碑顶治下至瓦盖间悬一方红石匾，刻有林则徐题的“朝野哀”。墓地一岗北卧，向南开阔，周围古松参天，草坪野花，四季缤纷宜人。

公墓造型壮观，石雕精巧，富有民族艺术特色，所锲诗文，具有史料价值，实属我边陲小县难得之历史文物。诚不幸，古墓竟于一九七一年四月一日横遭劫毁，公被破棺曝尸，时公遗容红润如生，葬物色彩鲜艳犹新，头冠及护心珠宝悉被洗劫一空，墓碑石料及碑文浮雕，均被毁挪践踏，历史文物，竟被愚蛮毁于一旦！

天知人心，地解民情，逢盛世，沧海喜变桑田，“三中全会”神州现新颜，国振兴，民扬眉，吐尽十载苦雾与愁云。承县委、政府根据群众要求和国家《文物保护法》之规定，行云党史办[1985]12号文重建公墓，区、政及有关单位协同，于是年二月筹建。鉴于财力不济，原文字、工艺又被毁无查，复其旧观，仅有其愿，而难其实。正是

十年浩劫无前例，百载古墓夷平地，

后辈子孙齐回首，集思广益精设计，
情姓促昌承制作，刊绘镌刻群策力，
寒食佳节庆落成，永以为记撰斯记，
谨此告慰长逝者，文物风貌留半壁。

杨光旭（杨国翰之弟杨国玺四世孙）

一九八六年四、五清明吉旦

杨氏三代简表

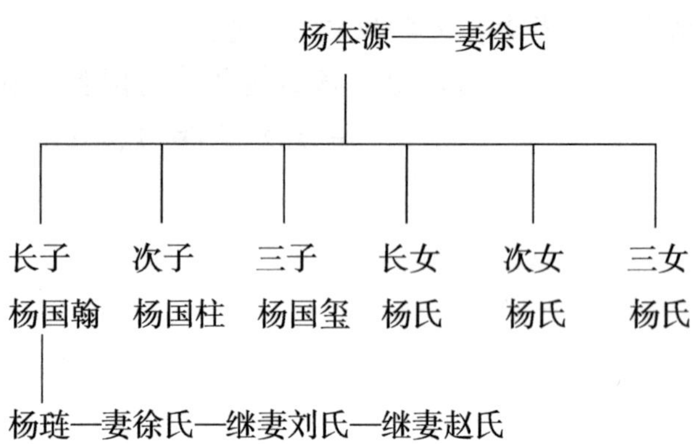

附录四 杨国翰生平大事年表

杨国翰生平大事年表

1787年（乾隆五十二年丁未）一岁

二月五日，生于云南云州勐麻（今云县大寨镇梨园村）。父本源，字林青。原籍江西抚州府临川县，乾隆三十五年（1770）游易云州勐麻，经商置业。母徐氏。

1806年（嘉庆十一年丙寅）二十岁

自游庠食饩从朱石渠治学。

由秀才进为廪生。

1811年（嘉庆十六年辛未）二十五岁

九月，父本源卒。

1815年（嘉庆二十年乙亥）二十九岁

就学昆明五华书院，从山长刘大绅治学。

1816年（嘉庆二十一年丙子）三十岁

作《〈寄庵文钞〉后序》。

1818年（嘉庆二十三年戊寅）三十二岁

仍在五华书院攻读。平生敬仰岳飞，梦读《说岳全传》，读至岳飞被奸臣所害，大哭而醒。

1819年（嘉庆二十四年己卯）三十三岁

参加己卯科云南乡试，中第四十二名举人。

1820 年（嘉庆二十五年庚辰）三十四岁

参加会试、殿试，赐同进士出身。

除夕前三日，作《观精忠柏记》。

1821 年（道光元年辛巳）三十五岁

上任奉化知县。体察民情，关心百姓。

1822 年（道光二年壬午）三十六岁

在奉化知县任上。亲至八乡劝捐民田千余亩，扩大育婴堂规模，破除溺女之风。

上任诸暨知县，深入乡村，访贫问苦。

1823 年（道光三年癸未）三十七岁

在诸暨知县任上。清理积案，严惩偷盗、赌博。

受命复任奉化知县。作《上江苏林臬台书》《留别婴堂诗二首》。

1824 年（道光四年甲申）三十八岁

任海盐知县，兴修水利，凿白羊以固海塘。

1826 年（道光六年丙戌）四十岁

告假返抵云州，迎母至浙江任所奉养。

季冬，题立“桂院流香”匾额。

1827 年（道光七年丁亥）四十一岁

海盐知县任上。营义地以禁火葬。创捐澉浦同善堂。

1828 年（道光八年戊子）四十二岁
任仁和（今杭州市下城区）知县。道光帝京城召见，圣训周详。
敕命其父文林郎，其母徐氏孺人。

1829 年（道光九年己丑）四十三岁
仁和知县任上，绝盐当之规，亲发审之案。
任海昌知县，兴学校，课农桑。

1830 年（道光十年庚寅）四十四岁
复任仁和知县，旋晋升温台玉环饷捕分府加三级。
诰赠其父奉政大夫，诰封其母宜人。
作《恩三章》《初擢玉环书怀》

1831 年（道光十一年辛卯）四十五岁
玉环任上，办东防塘工。平允盐务，肃清海洋。

1832 年（道光十二年壬辰）四十六岁
母徐氏卒，送灵柩归葬云州勐麻。

1833 年（道光十三年癸巳）四十七岁
六月十三日，卒于云州勐麻家中。

后记

由于杨国翰生长于云南，宦迹在浙江，加之英年早逝，其诗文散存各地史志书籍，收集工作颇费心力。虽多方搜检寻查，也仅收录了他的诗歌四十六篇、散文二篇和书信一封。整理、披览之中，沉淀的历史和一派乡音消除了时间的隔膜，仿佛与杨国翰在历史中相遇，面对面谈话，聆听他的心声，感受他的才情。在整个辑注过程中，我竭尽所能使资料更丰富一些，理解更清楚一些，错谬更少一些。我希望，至少在二十年内，《杨国翰诗文集》能成为研究地方历史名人杨国翰的主要参考书。

这次增订工作得到了许多同道友好的关心和帮助。云南大学王水乔研究馆员提供了资料查询之便，为我节省了大量的时间与精力；滇西科技师范学院董庆保教授不仅校勘指导，还对多篇诗文进行了断句整理；刘绍彬教授对多个文字给予了辨误订正；九三学社大理州委员会杨曾铭主委题写书名；中共临沧市委宣传部刘绍卿副部长、临沧财贸学校陈德波校长、临沧农业学校吴新林校长频加关注，为《杨国翰诗文集》的如期交付出版尽了最大的努力；临沧仁德医院法人杨宝中先生、临沧兴益茶业有限公司法人俸兴发先生慷慨给予资助。多少盛情，实难尽述。我借此对他们表示深切的谢意。

《杨国翰诗文集》的出版，得到了中共云县委宣传部的热切关注和项目资助；得到了学苑出版社的鼎力支持和张鹏蕊编辑的专业指导。在此一并表示真诚的感谢。

我真诚地奉告同道和读者，我对《杨国翰诗文集》的辑注尽了最大的努力，我只是对纪念地方历史名人杨国翰尽一份家乡人的心意而已。如果《杨国翰诗文集》能使人们了解杨国翰的史事和对研究杨国翰有参考价值的话，那对我来说就是最高的奖掖。还需要说明的是，由于时注时辍和本人学力不逮，《杨国翰诗文集》的疏漏、舛误在所难免，诚恳希望得到同道和读者的匡正纠谬。

杨宝康

2023 年 10 月 28 日于临沧